KB267692

마음을 비추는
# 거울

마음을 비추는 거울

마음을 비추는 거울

초판 인쇄 | 2009년 1월 5일
초판 발행 | 2009년 1월 9일

엮은이 | 배명식
펴낸이 | 임종대
펴낸곳 | 미래문화사
출판등록 | 1976년 10월 19일  제3-44호
전자우편 | mirae715@hanmail.net
전화번호 | 02-715-4507, 02-713-6647
팩스 | 02-713-4805

· 이책의 저작권은 도서출판 미래문화사에 있습니다.
· 이책의 그림이나 글의 무단복제를 금합니다.
· 지은이와의 협의하에 인지는 생략합니다.
· 잘못 만들어진 책은 바꾸어 드립니다.

생각을 열어주는 102가지 이야기

미래문화사

풍요로운 인생을 위하여


시간은 빠르게 지나가고, 나이 들수록 성경의 시편의 표현처럼 '우리가 날아가는 듯' 하다. 매일같이 들려오는 세계 상황은 삭막할 정도로 건조하고, 요동하는 물결처럼 불안하기만 하다.

그런가 하면 개인과 개인, 사회와 인간, 나아가 우리 민족 간에는 너무도 골이 깊이 패여 있다. 표면적으로는 하나의 세계로 지구촌이니, 인터넷 시대니 하며 서로 하나의 정서로 뭉쳐진 듯 시끌벅적하지만, 내면을 가만히 들여다보면 공허하리만큼 사람 사는 맛과 냄새가 결여되어 있다.

그래서 이 책은 목이 말라 갈증을 느끼는 이들에게는 목을 축여 주고, 가슴이 텅 비어 공허해 하는 사람들에게는 따스한 사랑을 느끼게 해 주며, 시간의 흐름을 쫓아가느라 헉헉거리는 사람들에게는 잠시 쉬어 가는 쉼터가 되어 줄 것이다.

이 책에는 역사에 등장했던 많은 사람들의 사상과 철학과 지혜와 더불어 마음을 다스리는 내용들로 가득 차 있다. 그리고 그 이야기 한 구절 한 구절은 보석과 같이 빛나고, 삶의 지혜를 한겹 한겹 덧 쌓아 준다.

이미 이런 종류의 마음을 다스리는 책들이 많이 나와 있지만 이 책은 특유의 독특한 맛이 있어 어디다 내놓아도 손색이 없다고 자부한다. 그 만큼 소신을 가지고 엮었다는 이야기다.

필자는 《마음을 열어주는 120가지 지혜》와 《마음에 감동을 주는 이야기》에 이어 이 책을 묶으면서 역사 속의 많은 사람들과 심정을 교류하는 기회를 가졌다. 그러면서 나 자신이 먼저 그들로부터 큰 감동과 가르침을 받았다.

누구에게나 이 땅에서의 삶은 한 편의 이야기가 될 수 있다. 그 한 편의 이야기를 자랑스럽게 남기기 위해 가자 최선의 노력을 하며 살아간다. 마치 화가가 화폭에 그림을 그리듯 성공적인 삶의 작품을 만들기 위해 총력을 기울이는 것이다.

작은 쳇바퀴 돌 듯 일상을 살다보면 크고, 넓고, 아름답고, 풍부한 것들을 잊어버릴 때가 있다. 또 용기를 잃고 암흑 속에서 질펀댈 때도 있다. 그러할 때 이 책 《마음을 비추는 거울》의 이야기들은 차분하게 맑은 심성으로 파고들어 마음을 안정시켜 줄 것이라 믿는다.

불의와 부정 부패가 판을 치는 세상에서 정의를 부르짖고, 누구에게나 평등함을 일깨워 주며, 인생을 바르게 살아가는 교훈과 감동과 의미를 주는 이러한 이야기들이 있기에 삶이 아름다워질 수 있는 것이다.

이제 이 책에 담겨 있는 102가지의 아름다운 글 가운데 어느 한 구절, 한 편이라도 독자들의 심금을 울려 인생의 나침반 역할을 할 수 있다면 엮은이로서는 더없는 보람이겠다. 그런 마음으로 정성껏 그림도 그려 곁들였다.

끝으로 이 책의 출판에 노고가 많으신 미래문화사 임종대 사장과 편집부 식구들에게 다시 한번 감사를 드린다.

2008년 12월
감빛이 아름다왔던 경북 청도에서
배명식

# 차례

# 3 사색의 즐거움



# 4 영혼을 비춰주는 거울

## 5 사랑의 환희




## 6 명상의 황금열매

# 1

## 지식이 주는 지혜

깃이 같은 새들은 함께 날아간다 ｜ 한국화 채색 ｜ 33.4×21.2cm ｜ 배명

# 봄길

배 명 식

새순 돋는
나뭇가지 사이로
그대가 꿈을 꾼다면
나는
그 꿈이 되는 길

하늘 조각 담은
새 둥지는
밤새 불던 비바람에
새 새끼들의
어떤 울음 고였을까

우리
꿈 캐는 가슴으로
햇살 가득 드리우는
오늘을 가며
생각에 젖는다.

# 잠재능력의 힘

25세 때 벌써 훌륭한 작곡가로 이름을 날린 러시아의 작곡가이자 피아노 연주자인 라흐마니노프1873~1943는 자기의 천재적 재능에 늘 자신만만했다. 그는 9세때 페테르스부르크 음악원에 입학하였으며, 3년 뒤에 모스크바 음악원에서 피아노와 작곡을 공부하였다. 그런 그에게 말할 수 없는 역경이 다가왔다. 그가 공들여 작곡한 심포니가 비참하게 실패하고 만 것이다. 그러자 그는 자신의 능력이 의심스러워졌고, 급기야는 용기마저 잃고 심한 좌절감에 빠졌다. 그런 모습을 본 친구들이 그를 염려하여 정신병 전문의에게로 데리고 갔다.

진찰을 마친 의사는 의미심장한 말을 했다.

"당신의 몸 안에는 누구도 따를 수 없는 위대한 능력이 잠자고 있소. 그 능력이 하루 빨리 세상에 나가게 될 날만을 기

다리고 있군요.”

병원에 끌려갔던 그는 의사의 말을 가슴속에 깊이 각인시키고 늘 중얼거리며 되뇌었다.

그 결과 작곡을 하는 데 큰 힘을 얻어 다시 활발한 음악 활동을 계속할 수 있었다. 그리고 마침내 불후의 명곡 〈피아노 협주곡 제2번〉을 작곡해 냈다.

그 곡이 무대에서 연주되자 청중은 열광했다.

의사의 따뜻한 말 한마디가 라흐마니노프를 새롭게 태어나게 하는 데 결정적인 계기를 만들어 주었던 것이다.

라흐마니노프는 1905~1906년 모스크바 황실 극장의 지휘자를 거쳐 미국 및 유럽으로 연주 여행을 하였다. 작품의 영향은 후기 낭만파에 속하고, 슬라브적인 경향이 짙다. 작품으로는 〈알레코〉와 교향시 〈죽음의 섬〉, 〈제 2교향곡〉 등이 있다.

# 부모의 마음

한 마을에 큰 부자와 가난한 농부가 살고 있었다. 그런데 농부에게는 자녀가 다섯이나 있었으나 부자에게는 불행하게도 하나도 없었다.

부자는 농부에게 아들 하나를 양자로 주면 그 댓가로 집과 땅을 주겠다고 제의했다. 농부는 가난에서 벗어날 수 있게 되었다고 기뻐하며 그 말에 동의했다. 그리고 아이들이 모두 잠

든 저녁, 부인과 누구를 보낼 것인가에 대해 의논했다. 남편이 가장 어린 막내를 보내자고 말하자 부인이 말했다.

"그 애는 아직 젖먹이라서 안 돼요."

"그럼 둘째는 어떨까?"

"그 애는 병들어 아프니까 우리가 돌봐 줘야 되잖겠어요?"

"그럼 장남은?"

"그 아이는 농사일을 맡고 있는데 보낼 수가 없지요."

"넷째는 괜찮을까?"

"그 애는 아직 철부지라 보내면 매일 울 거예요. 그런 애를 어떻게 보낸단 말이에요."

이제 마지막으로 셋째 아이만 남았다. 그 아이는 다섯 아이 중 유난히 말썽만 부리고 속을 썩이는 아이였다. 남편이 그 애를 보내자고 하자 부인은 이번에도 극구 반대하며 말했다.

"그 애야말로 우리의 사랑과 기도가 필요한 아이예요."

부부는 밤을 꼬박 새며 어느 애를 보낼까 고민하다가 날이 밝았다.

그들은 아직 잠들어 있는 아이들의 볼에 하나하나 입을 맞췄다. 그리고 부자에게로 가서 말했다.

"생활이 좀 어렵더라도 더 부지런히 일해 아이들을 모두 우리 손으로 키우렵니다."

# 인생의 탑 쌓기

아돌프와 브라함이 돌을 이용하여 열심히 탑을 쌓고 있었다. 그런데 아돌프는 돌을 넓게 펼쳐 가며 쌓고, 브라함은 높게만 쌓아 갔다.

아돌프는 탑을 높이 쌓기 위해선 밑바탕이 넓어야 한다고 주장하는 반면 브라함은 작게 쌓더라도 빨리 완성해야 한다고 주장했다.

그래서 브라함이 작은 탑 하나를 만들고, 또 다른 탑을 만들기 시작할 때까지도 아돌프는 옆으로만 펼쳐 쌓고 있었다.

이를 삶이라는 거울에 비

추어 보면 아돌프는 희망으로 살고, 브라함은 보람으로 사는 것이라 할 수 있다.

그러니까 아돌프는 아주 높은 탑을 쌓겠다는 희망을 가지고 하루하루를 살지만 결국 한 층도 마무리짓지 못할지도 모른다.

반면 브라함은 수없이 많은 작은 탑들을 쌓겠지만 그 탑들은 그저 흔하디 흔한 탑에 불과할 뿐이다.

괴테는 말했다.

"사람의 욕망은 내버려 두면 한이 없다. 끝없는 희망은 차라리 희망이 없는 것보다 못하다. 자기의 욕망에 한계를 둔다는 것은 목표를 분명히 가진것이 된다. 희망의 한계를 분명하게 하지 않는 데서 절망하기 쉬우며, 그리하여 방황하는 사람이 많다."

# 법의 준엄성

로크리얀스의 국왕 자로가 크는 백성들의 풍기가 날로 문란해져 가는 것을 걱정해서 생각 끝에 명을 내렸다.

"누구를 막론하고 풍기를 어지럽히는 자는 그 벌로 두 눈을 빼겠다. 그러니 그런 일을 당하지 않도록 모두 조심하라!"

그 후로 사람들은 왕의 명령을 잘 지켜 질서가 잡혀 갔다.

그러던 어느 날, 국왕이 신하들 앞에서 노발대발 소리를 질렀다. 왕자가 법을 어겼기 때문이었다.

"아무리 내가 사랑하는 왕자라 할지라도 일단 국법을 어긴 이상 도저히 용서할 수가 없다. 법대로 하겠으니 당장 왕자를 이리로 데려오도록 하라!"

분부대로 왕자가 불려오자 왕이 준엄하게 명령을 내렸다.

"왕자라 할지라도 국법을 어긴 이상 마땅히 벌을 받아야 한다. 어서 왕자의 눈을 빼라!"

설마 하던 신하들은 왕의 추상 같은 명령에 어쩔 줄 모르고 쩔쩔맸다.

"아닙니다. 아무리 국법이 엄하다 해도 단 한 분뿐인 왕자님을 벌하시는 것은 이 나라의 크나큰 손실입니다. 하오니 이번만은 너그러이 용서해 주시기 바랍니다."

나이 많은 신하가 공손히 엎드려 간청했다. 그러나 국왕은 고개를 가로저었다.

"법은 누구나 다 지켜야 한다. 왕자라고 해서 특별히 용서하고, 왕이라고 지키지 않는다면 누가 법을 지키겠느냐?"

국왕의 표정은 엄숙하고 결심은 굳었다. 신하들은 더 이상 왕자를 위해 나설 수가 없었다.

집행관은 어쩔 수 없이 왕자의 한쪽 눈을 뺐다. 순식간에 시뻘건 피가 흘러내렸다. 집행관이 다시 다른 쪽 눈을 빼려하자 국왕이 손을 들어 중지시키며 말했다.

"잠깐! 법대로 두 눈을 다 빼야 하겠지만 앞으로 이 나라를 이끌 왕이 두 눈이 없어서야 되겠느냐! 그리고 자식에게 교육을 잘못 시킨 아비에게도 책임이 있으니 나머지 하나는 나의 것을 빼도록 히여리!"

신하들은 모두 놀라 반대했고, 왕자도 매달려 사정했다.

"폐하, 그건 도저히 있을 수 없는 일이옵니다. 제발 명령을 거두어 주십시오."

"아바마마, 그냥 법대로 소자의 눈을 빼십시오."

그러나 국왕은 조금도 흔들리지 않았다.

"집행관, 어서 내 눈을 빼도록 하라!"

집행관은 고개를 푹 숙인 채 움직이려 하지 않았다. 아무리 명령이 엄해도 차마 국왕의 눈을 뺄 수는 없었다.

"어서 명령대로 시행하라!"

"폐하, 소신이 죽는 한이 있어도 그 명령만은 따를 수가 없습니다."

집행관은 그 자리에 엎드려 죽은 듯 움직이지 않았다. 이 상태로는 도저히 명령이 시행되지 않을 것 같자 국왕은 스스로 칼을 움켜잡았다.

"그럼, 내 손으로 직접 시행하지!"

자로가크 국왕은 자신의 손으로 한쪽 눈을 뺐다.

그 후부터 로크리얀스의 백성들은 누구를 막론하고 국법을 잘 지켜 나라가 안정되고 번영했다.

# 위대한 사람

한 소년이 위대한 사람을 만나고 싶다는 꿈을 가지고 무작정 여행을 떠났다. 그는 깊은 숲과 계곡은 물론이고 사막까지 돌아다녔다.

그렇게 몇 년을 돌아다녔으나 위대한 사람은 만날 수가 없었다. 소년은 지칠 대로 지쳐 풀밭에 풀썩 주저앉았다.

그때 한 노인이 소년 앞에 나타났다. 그는 흰수염과 맑은 눈동자를 지니고 있었다. 순간 소년은 '아, 이분이야말로 내가 찾는 사람이다' 하고 생각했다. 노인이 소년에게 물었다.

"애야, 왜 그렇게 헤매고 돌아다니느냐?"

"예, 위대한 사람을 만나고 싶어서입니다."

노인이 빙그레 웃으며 말했다.

“내가 그 사람이 어디 있는
지 가르쳐 주마.”

“예? 정말입니까?”

소년은 너무 기뻐 소리를
질렀다.

“지금 곧장 너희 집으로 돌아가거라. 그러면 신발도 신지
않고 뛰어나오는 사람이 있을 것이다. 그 사람이 바로 네가
찾는 위대한 사람이니라.”

말을 마친 노인은 금세 안개 속으로 사라졌다.

소년은 서둘러 집을 향해 달렸다. 숨이 턱에 찼지만 조금이
라도 빨리 위대한 사람을 만나고 싶어 쉬지 않고 달렸다.

집에 도착하자 과연 노인의 말대로 신발도 신지 않고 급하
게 뛰어나오는 사람이 있었다. 바로 소년의 어머니였다.

어머니는 소년을 끌어 안았다. 소년도 눈물을 흘리며 어머
니를 끌어 안았다. 위대한 어머니의 품안은 너무나 포근했다.

# 농부의 슬기

시실리 왕이 사냥을 갔다가 밭에서 일하고 있는 한 농부에게 말을 걸었다.

"이보게, 그렇게 일하면 하루에 얼마나 버는가?"

"폐하, 카루리노 화폐 넉 장입니다."

"그럼, 그 돈을 어디에 쓰는가?"

"네! 한 장은 제가 먹고 사는 데 쓰고, 한 장은 이자를 붙이기 위해서 저축을 하고, 또 한 장은 받았으니까 돌려주고, 한 장은 버립니다."

왕은 농부의 대답이 아무래도 이상해서 다시 물어보지 않을 수 없었다.

"그게 무슨 뜻인가?"

"예, 설명해드리지요. 우선 한 장으로는 제가 먹고 사는 양식을 사는데 씁니다. 또 한 장으로는 아이들을 먹여 살립니다.
그러면 그 아이들이 제가 늙었을 때 저의 뒷바라지를 해 주게
될 것입니다. 그리고 또 한 장으로는 부모님를 부양합니다. 저
를 길러준 은혜를 갚는 것이죠. 그리고 마지막 한 장으로 마누
라를 먹여 살립니다. 그런데 마누라는 저에게 아무런 이익도
가져다주지 않으니 결국 버리는 것이나 마찬가지지요."

"옳거니, 일리가 있군.
그런데 그대는 내 얼굴을
백 번 보기 전에는 오늘의
일을 절대로 다른 사람에
게 말해서는 안되네!"

농부는 그러겠다고 약속
을 했다. 왕은 궁으로 돌아
가 대신들에게 물었다.

"지금부터 수수께끼를
하나 내겠다. 어느 농부가 하루에 카루리노 화폐 넉 장을 버
는데 한 장으로는 자신이 먹고 살고, 한 장으로는 이자가 붙게
쓰고, 한 장은 받았으니까 되돌려주고, 마지막 한 장은 버린다
고 한다. 그게 무슨 뜻이겠는가?"

그러자 모두들 그 수수께끼를 풀 수가 없었다. 그때 대신 중

의 한 사람이, 왕이 전날에 사냥길에서 농부와 이야기하던 것을 생각해 내고는 그 농부를 찾아가 무슨 이야기를 했는지 물었다. 그러자 농부가 대답했다.

"왕의 얼굴을 백 번 보기 전에는 아무에게도 이야기할 수가 없습니다."

"좋아! 그렇다면 그렇게 해주지."

대신은 지갑에서 백 장의 화폐를 꺼내어 농부에게 주었다. 화폐에는 왕의 얼굴이 새겨져 있었다.

"좋습니다. 이제 왕의 얼굴을 백 번 보았으니 말씀드리겠습니다."

농부의 이야기를 들은 대신은 무척 기뻐하며 왕에게로 가서 말했다.

"폐하, 그 말의 뜻은 이러이러하옵니다."

"이런 젠장! 틀림없이 그 농부 녀석이 나와의 약속을 지키지 않고 지껄였구나."

왕은 곧 농부를 불러 꾸짖었다.

"그러나 폐하, 저는 폐하가 명령하신대로 폐하의 얼굴을 백 번 보고나서 그 말을 해주었습니다."

그리고는 대신에게서 받은 백 장의 화폐를 보여주었다.

왕은 농부의 슬기를 칭찬하고 많은 상금을 주었다.

# 어머니의 마음

한 소녀가 외딴 산중에서 홀어머니와 단 둘이 살았다. 그러다가 농사짓는 일이 너무 힘들어 어머니만 홀로 두고 밤중에 몰래 집을 뛰쳐나왔다.

그녀는 이리저리 세상을 떠돌아다니다가 사장이 어려워지자 사람으로서 해서는 안되는 타락한 생활을 했다.

그러던 어느 날, 그간의 잘못된 생활을 뉘우치고 곧바로 집으로 돌아갔다. 그녀가 집 근처에 도착했을 때는 비가 부슬부슬 내리는 늦은 밤이었다.

밤이 깊었는데도 그녀의 집 창틈에서는 희미한 불빛이 새어 나오고 있었다. 그녀는 어머니가 놀랄까봐 조심스럽게 문을 두드렸다. 그러나 아무런 반응이 없었다. 순간, 불길한 생각이 들어서 황급히 문고리를 당기자 너무 쉽게 문이 열렸다.

산중의 외딴 집에 어머니 혼자 살면서 문을 잠그지 않은 것이 이상했다.

불빛이 희미한 방안에는 불쌍하게도 어머니 혼자 쓸쓸히 누워 있었다. 그녀는 어머니 앞에 무릎을 꿇고 잘못을 빌며 흐느꼈다. 딸의 목소리에 놀란 어머니도 벌떡 일어나 그녀를 끌어안고 눈물을 흘렸다.

소녀는 어머니에게 진심으로 용서를 빌었다. 어머니는 딸의 어깨를 토닥거리며 용서해 주었다. 그리고 딸의 젖은 옷을 갈아입히고 따뜻한 음식을 챙겨 주었다.

그때 소녀가 어머니에게 물었다.

"어머니, 전에는 해가 지기도 전에 문단속을 하셨잖아요. 그런데 오늘은 왜 문을 잠그지 않고 주무셨어요? 무슨 일이라도 생기면 어쩌시려고요?"

어머니는 핼쑥해진 딸의 뺨을 어루만지며 말했다.

"나는 네가 집을 나간 그날 밤부터 오늘까지 단 하루도 문을 잠그지 않고 너를 기다렸단다. 혹시 네가 밤중에 돌아왔다가 문이 잠겨 못 들어올까 걱정이 돼서……."

# 아버지의 사랑

약속을 잘 지키지 않는 아들에게 아버지가 말했다.

"한 번만 더 약속을 깨뜨리면 추운 다락방으로 보내 버릴 테다."

그런데도 아들은 또다시 약속을 지키지 않았다. 아버지는 약속대로 아들을 다락방으로 내보냈다.

그날 밤, 아버지는 잠을 이루지 못했다.

옆에서 지켜보던 부인이 말했다.

"아이가 안됐지만 여기서 약속을 깨고 그냥 데려오면 앞으로도 말을 잘 듣지 않을 거예요. 괴롭더라도 이 밤만이라도 약속대로 하세요."

"당신 말이 옳아요. 내가 그 애를 데려오게 되면 나 또한 아이와의 약속을 깨뜨리는 셈이야. 허나 우리 아이는 지금 얼마나 외로울까?"

잠시 후, 아버지는 부시럭거리며 일어나더니 아들이 있는 다락방으로 올라갔다. 아들은 딱딱한 마루 바닥에서 베개도 없이 잠들어 있었다.

아버지는 아들 옆에 누워 팔베개를 해 주고는 아들을 꼭 끌어 안았다. 그리고는 뺨에 볼을 부볐다.

그러자 잠에서 깨어난 아이의 눈에서는 뜨거운 눈물이 흘러 내렸다.

# 이공수의 정직성

고려 공민왕 때의 명신 이공수1308~1366 가 폐위된 공민왕의 복원을 주청코자 원나라에 사신으로 가게 되었다. 그런데 압록강 근처에 다다 렀을 때 말이 굶주려 더 이상 움직이지 못했다.

둘러보니 사람이 없는 밭에 조의 낟가리가 보였다.

이공수는 하인을 시켜 부득이 조 한 단을 가져가는 사 유와 조값에 해당하는 돈을 낟가리에 찔러 놓고 조단을 가 져오라고 했다.

그러자 하인이 말했다.

"우리가 떠난 뒤 마소를 모는 다른 사람이 지나가게 되면 그 사람도 틀림없이 가축에게 조를 먹일 것이고, 그렇게 되 면 이 돈을 그냥 두겠습니까? 그러니 그냥 갖다 먹이는 것이

낫겠습니다."

그러자 이공수가 말했다.

"그렇게 될지도 모르지. 그렇다고 남의 소중한 곡식을 그냥 축낸다는 것은 도리가 아니다. 그리고 우선 내 마음도 편치 않아. 내가 한 일이 어떻게 전달될지 그것까지 걱정할 필요는 없다. 내가 할 바의 도리만 다하면 되는 것이야. 흔히 자기가 지켜야 할 일을 남에게 핑계대고 지키지 않는 일이 있는데 그리되면 언제 세상이 바로 잡아지겠느냐?"

도덕은 선이 무엇임을 알고 선을 행하고
또 선을 갈망할 때 이루어진다. - 페스탈로치

# 아들을 죽인 아버지

미국의 유명한 외과 의사 반 아이크 박사에게 전화가 걸려왔다.

"여보세요? 저 그랜드 폴스 병원의 하이든입니다. 아이크 박사님이십니까?"

"예, 그렇습니다만……."

"한 소년이 총을 가지고 장난을 하다가 오발하는 바람에 생명이 위태롭게 됐습니다. 급히 좀 와 주십시오."

"예, 서둘러 가겠습니다."

"일 분 일 초가 급하니 빨리 와 주셔야겠습니다."

아이크는 즉시 60마일 정도 떨어진 그랜드 폴스 병원으로 자동차를 몰았다. 그의 머리 속에는 죽음의 문턱에서 불안에 떨고 있는 한 소년의 모습이 자꾸만 맴돌았다.

“차가 왜 이렇게 느

릴까?”

아이크는 초초하

여 더 속력을 내었

다. 그런데 도중에 웬

남자가 앞을 가로막으며 차를 세워 달라고 요청했다. 아이크

는 차를 세웠다.

“어디까지 가십니까?”

남자는 아이크의 물음에 대답도 하지 않고 무조건 차에 오

르더니 주머니에서 불쑥 권총을 꺼내 아이크를 위협했다.

“잔말 말고 어서 내려! 내가 지금 급히 차가 좀 필요하단 말

이야.”

아이크는 당황해서 그에게 애원했다.

“여보시오, 나는 의사입니다. 방금 급한 환자가 생겼다는

연락을 받고 가는 중이니 그 사람의 목숨을 살리는 일이라 생

각하고 나를 좀 보내 주시오.”

남자는 전혀 관심 없다는 표정으로 아이크의 턱 가까이에

권총을 들이댔다.

“이봐, 괜한 소리 말아! 다른 사람 사정은 내 알 바 아니니

어물거리지 말고 어서 내리기나 해!”

남자는 아이크를 차 밖으로 사정없이 밀어내고 떠나버렸다. 아이크는 기차라도 타야겠다고 생각하고 허겁지겁 역으로 뛰어갔다. 그런데 기차도 바로 조금 전에 떠나버렸다. 아이크는 마음이 급했지만 할 수 없이 다음 차를 기다렸다. 그렇게 우여곡절 끝에 겨우 병원에 도착했다.

“그 소년은 어떻게 됐습니까?”

“박사님, 10분 전에 죽었습니다. 10분만 일찍 오셨더라면 생명을 구할 수 있었을 텐데요…….”

하이든은 몹시 안타까워했다. 이때 병실의 문이 열리며 죽은 소년의 아버지가 뛰어 들어왔다.

“내 아들! 내 아들 어찌 되었습니까?”

“안됐습니다. 조금 전에 그만…….”

“뭐라구요? 내 아들이 죽었다구요?”

창백하게 질린 소년의 아버지는 죽은 소년을 끌어안았다.

지켜보던 아이크의 눈이 휘둥그레졌다.

“저 사람이 소년의 아버지입니까?”

“네, 그런데요? 박사님이 아시는 분인가요?”

“예, 저 사람은 내가 급히 이 곳으로 오고 있는데 내 차를 빼앗아간 사람입니다.”

“그럼 소년을 죽인 자는 바로 소년의 아버지인 저……?”

하이든은 어안이 벙벙했다.

두 사람의 대화를 듣고 소년의 아버지가 얼굴을 들었다. 그리고 아이크를 보더니 뒤로 물러섰다.

"아니, 당신은……?"

그는 실성한 사람처럼 소리를 지르더니 아이크 앞에 엎드려 큰소리로 울었다.

"선생님, 내 아들은 내가 죽였습니다. 차에 탔던 당신이 내 아들을 구해 줄 의사이신 줄 모르고 차를 빼앗았으니, 오, 세상에 이런 일이……!"

그 후로 소년의 아버지는 마음을 바꾸어 착하게 살았다.

# 지켜야 할 도리

춘추전국시대에 노魯나라의 복부제伏符濟가 한 마을의 수령으로 있을 때 초楚나라에서 군사를 일으켜 쳐들어왔다. 복부제는 즉시 성문을 닫으라고 명령했다.

성문 밖 들녘에는 누렇게 잘 익은 곡식들이 추수를 기다리고 있었다. 백성들은 그 곡식이 아까워 수령에게 건의했다.

"곡식을 적에게 넘겨줄 바에야 차라리 모두 나가서 닥치는 대로 거둬 오도록 하는 게 좋지 않겠습니까?"

그러나 복부제는 그들의 말을 듣지 않고 성문을 굳게 닫아 걸었다.

전쟁이 끝나자 복부제는 곡식을 그대로 남겨 두어 적을 이롭게 했다는 혐의로 왕에게 붙들려갔다.

왕 앞에 이르자 복부제가 말했다.

 "일 년 동안 애써 지은 곡식을 적에게 빼앗긴 것은 참으로
아까운 일입니다. 그러나 급하다고 해서 남의 곡식을 마구 베
어가게 되면 그것이 선례가 되어 그런 관습은 10년이 걸려도
고치기 어렵게 될 것입니다. 도리를 지키지 않는 마음이 결국
은 큰일을 저지르게 합니다. 저는 그것을 염려해서 막았던 것
입니다."
 왕은 그의 깊은 마음에 탄복하여 용서해 주었다.

# 유아투르스의 궤변

아테네에 프로타고라스B.C 485~415라는 철인이 있었다. 프로타고라스처럼 이름난 철학자 아래에는 항상 백여 명의 청년들이 가르침을 받고 있었다.

그 중에 유아투르스도 있었는데, 그는 수사학修辭學과 웅변술을 배우고 있었다. 그는 프로타고라스 선생과 약속하기를 수업료를 입학할 때 절반을 내고, 나머지는 졸업 후 성공했을 때 가져오기로 했다.

여기서 성공의 기준이란 돈을 많이 모으거나, 변호사가 되어 승소하거나, 정치계에 나가 고등관이 되었을 때를 말하는 것이었다.

유아투르스는 두뇌가 명석하여 다른 청년들에 비해 수사학과 웅변술을 빨리 배웠다. 그런데 사회에 나가서는 고급 관리

로 진출하지도 못하고, 변호
사 개업도 하지 못했다. 그
를 핑계로 프로타고라스 선생

과 약속했던 수업료 절반을 가져오지 않았다.

프로타고라스는 기다리다 못해 독촉을 했고, 그래도 말을
듣지 않자 급기야는 고소를 하게 되었다.

재판장에서 프로타고라스는 유아투르스에게 독안에 든 쥐
라는 식으로 말했다.

"유아투르스, 이제 자네는 재판에 관계없이 남은 돈을 갚지
않으면 안되게 됐네. 왜 그런지 들어 보겠나? 자네가 만일 이
재판에서 패소하면 승소한 나에게 당연히 그 돈을 갚아야겠
지. 또 만일 자네가 승소하면 자네가 그만큼 성공한 것이니
약속대로 그 돈을 내야 되지 않겠는가?"

그러자 유아투르스가 싱긋 웃으며 말했다.

"선생님, 그렇지 않습니다. 왜 안 갚아도 되는지 들어 보십
시오. 제가 만일 승소하면 판결에 의해 이긴 것이니 승소한
사람이 낼 리가 없고, 또 패소한다면 아직 성공하지 못한 것이
니 역시 내지 않아도 되지 않습니까."

# 소아마비 달리기 선수, 윌마

미국의 한 농가에서 태어난 윌마는 네 살 때 소아마비를 앓았다. 그녀의 어머니는 이웃 농장에 나가 품을 팔아야 겨우 먹고 살 정도로 가난했다. 그래서 오전에는 일을 하고, 오후에는 윌마를 안고 멀리 떨어진 병원으로 가서 치료를 받았다.

그렇게 하루도 쉬지 않고 정성껏 간호한 끝에 3년이 지나자 윌마는 간신히 일어설 정도가 되었다.

"윌마야, 장하다. 여기까지 걸어 보렴. 어서!"

어머니는 땅바닥에 분필로 선을 긋고 윌마에게 걸음마 연습을 시켰다. 그때마다 윌마는 괴로움을 호소했다.

"엄마, 더 이상 난 걸을 수가 없어요."

"무슨 소리야? 넌 반드시 걸을 수 있어! 자, 용기를 내!"

그러나 두 걸음도 채 못 걷고 비틀거리며 쓰러졌다.

“엄마, 안되겠어요.”

월마가 울음을 터뜨리자 어머니는 큰소리로 야단을 쳤다.

“안 되는 게 어디 있어. 노력하면 다 되는거야! 어서 일어나 다시 걸어 봐!”

월마는 다시 기를 쓰고 걷는 연습을 했다. 얼굴은 땀과 눈물로 범벅이 되었다. 어머니의 눈에도 눈물이 고였다.

“월마야, 오늘은 어제보다 훨씬 좋아졌구나. 내일은 좀더 많이 걸을 수 있을 거야. 우리 함께 노력하자, 응?”

이렇게 월마의 피나는 노력은 계속되었고, 그 결과 여덟 살 때는 비록 절룩거리기는 했지만 혼자 학교에 다닐 수 있었다.

“월마, 거 봐, 하면 되는 거야. 우리 내일부터는 좀더 빨리 걸어 보기로 하자.”

월마는 그렇게 걷고, 달리기를 거듭 연습한 끝에 마침내 정상인 못지않게 빨리 달릴 수 있게 되었다. 월마도 그런 자신이 대견스러웠고, 어머니의 마음도 한없이 기뻤다.

그녀의 노력은 초등학교를 마치고 중학교를 들어가서도 계속되었다. 그래서 고등학교 때는 전교에서 가장 빨리 달리는 선수로 뽑혔다.

그리고 1960년 9월, 그녀는 마침내 로마올림픽에 미국 여자 달리기 대표선수로 출전했다.

출발선 앞에 선 윌마의 가슴은 설레었다. 저만치서 결승 테이프가 어른거렸다. 마치 일곱 살 때 어머니가 그려 놓은 하얀 분필선같이 보였다.

드디어 땅! 하고 출발 신호가 울렸다.

윌마는 눈물로 격려해 주시던 어머니를 생각하며 총알처럼 튀어나갔다.

"11초 0!"

윌마는 누구도 생각할 수 없는 세계 신기록을 작성하며 일등으로 테이프를 끊었다.

2백 미터와 4백 미터 계주에서도 당당히 우승을 차지했다.

소아마비 소녀 윌마는 삼관왕을 차지하며 세계에서 가장 빠른 여자가 되었다.

밥 프록허라는 사람은 말했다.

"마음으로 본다면, 손으로 쥐게 될 것이다."

마음으로 원하는 것을 생각하고 그 생각이 마음에 가득하게 한다면, 그것이 우리의 인생에 나타날 것이다.

# 신앙의 진실

미국의 한 교회 목사가 단상에 서기만 하면 사랑을 베풀며 살라고 열성껏 설교를 했다. 그는 사랑이야말로 진정한 기독교인이 실천해야 할 덕목이라고 강조했다.

크리스마스가 다가왔다.

목사는 교인들이 얼마나 사랑을 실천하고 있는지 확인해 보기 위해서 부인과 함께 거지로 변장하고 신도들의 집을 방문하기로 했다.

먼저 원로 장로댁의 초인종을 눌렀다. 성탄 파티 준비를 하던 장로 부인이 나오더니 적선을 부탁하는 거지 내외를 보고는 바로 문을 닫고 들어가 버렸다. 목사 부부는 뜻밖의 일에 서로 얼굴만 쳐다보며 아무 말도 못 했다.

이번에는 새벽 기도회에 열심히 참석하던 권사의 집으로 갔다. 그런데 권사의 반응도 마찬가지였다.

다음은 집사의 집. 그러나 교회에서는 그렇게도 활동적이고 상냥하던 집사는 아예 문도 열어 주지 않았다.

목사 부부는 실망하여 어쩔 줄 몰라 하다가 지난 주일에 처음으로 교회에 등록한 새 신자의 집으로 갔다. 그러자 그 집 부인은 따뜻한 음식을 정성껏 차려 주었다.

몹시 상심한 목사는 그 다음 주일의 설교 시간에 그 사실들을 교인들에게 말하고, 그 교회를 떠났다.

# 어리석은 다툼

고아로 자라난 두 친구가 담벼락에 붙은 벽보를 보았다.

'누구든지 마을 사람들을 위협하는 호랑이를 잡아 주는 자에겐 금화 세 닢을 보상금으로 주겠노라.'

두 사람은 어려운 생활에서 벗어날 절호의 기회라 생각하고 호랑이를 잡을 궁리를 한 끝에 정교한 덫을 만들기로 했다.

마침내 정교하고 튼튼한 덫을 만든 그들은 보상금에 대해 서로 의논했다. 한 친구가 먼저 말했다.

"한 닢은 나, 한 닢은 너, 그리고 한 닢은 우리, 이러면 어때?"

"그건 불공평해. 그럼, 넌 두 닢을 갖지만 난 한 닢밖에 갖지 못하잖아."

"넌 내 말뜻을 잘 모르는구나. 하나는 우리 둘의 공동 소유란 말야."

그때 이웃 사람이 지나가다 그들이 다투는 것을 보고 그 이유를 물었다. 두 친구는 자초지종을 이야기했다.

그러자 이웃 사람은 호랑이를 잡는 계획에 대해서 물었다. 두 친구가 별다른 생각없이 자신들이 만든 덫을 보여주자 그는 음흉스럽게 웃으면서 우선 보상금 문제를 잘 해결하기 위해서 재판관에게 가보라고 했다.

그리하여 두 사람은 재판관을 만나기 위해 길을 나섰다. 그런데 그 이웃 사람이 일부러 길을 잘못 가르쳐 주었기 때문에 목적지에 도착했을 때는 이미 사흘이나 지난 후였다.

그들이 재판관에게 모든 사정을 털어놓고 보상금을 어떻게 나누어야 되는지 묻자 재판관이 말했다.

"너희들은 그 돈에 대해 걱정할 필요가 없을 것 같구나. 왜냐하면 금화의 주인은 너희들이 아니니까……."

두 사람이 그곳으로 찾아간 사흘 사이에 그 이웃 사람이 그들이 만든 것과 똑같은 덫으로 이미 호랑이를 잡아 보상금을 타 갔던 것이다.

# 링컨의 암살

1865년 4월 14일 저녁, 워싱턴의 포드극장에서 몇 발의 총성이 울렸다. 링컨 대통령이 암살된 것이다.

그 날 대통령은 영부인 메리와 라스본 소령, 그리고 그의 약혼녀인 상원의원의 딸 클라크 등과 함께 《미국의 형제》라는 희극을 보고 있었다.

9시를 지나 제3막이 공연되고 있을 때, 메리 부인과 클라크의 외마디 비명과 함께 링컨이 의자에서 쓰러졌다. 누군가 뒤에서 저격을 한 것이다.

라스본 소령이 총을 가지고 있던 청년에게 달

려들자 청년이 칼을 뽑아 휘둘렀다. 소령이 주춤하는 사이에 범인은 무대로 뛰어올라갔다. 그는 장식해 놓았던 국기에 부딪혀 넘어졌으나 다시 일어나 라틴어로 '폭군의 운명은 이렇다!'라고 의기양양하게 외쳤다. 그 말은 남북전쟁 동안 버지니아 주에서 널리 떠돌던 말이었다.

범인은 무대 뒤의 비상구로 황급히 빠져나와 말을 타고 도주했다. 그는 그 극장의 구조를 잘 알고 배우처럼 행동했는데, 알고 보니 실제로 존 윌크스 부스라는 연극 배우였다.

링컨은 곧 극장 앞의 한 모텔로 옮겨졌으나 의식을 회복하지 못하고 다음날 아침 7시 21분에 사망했다.

파인니스 구를리Phineas D. Gurley, 1816~1868 목사는 뉴욕 애브뉴 장로교회 담임목사로서 링컨이 사망하기 전 5년간 매우 가까운 신앙의 동지요, 친구였다. 링컨은 대통령이었을 때 눈물을 구를리 목사에게 글썽이면서 이렇게 말했다.

"하나님 이외에는 그 무엇이든지 신뢰할 수 없네. 그러므로 나는 전보다 더욱 마음이 크게 바뀌어져서 오직 구세주만을 더욱 사랑하게 되었어. 내가 스스로 고백했던 신앙의 술회는 분명히 하나님께서 주신 것이라고 믿네."

링컨의 장례는 1885년 4월 19일에 치루어졌다.

한편, 부스는 공범 헤로드와 일주일 정도 도주하다가 어느 농가에 숨어들었다. 그러나 추격한 군대에 포위되자 헤로드는 농가에서 나와 항복했으나 부스는 나오려 하지 않았다. 그래서 결국 총이 발사되고, 농가가 불태워졌다.

그 후, 농가에서 죽은 남자가 부스가 아니라는 풍문이 나돌아 미국 국회에서 문제가 되기도 했으나 자세히 조사한 끝에 그가 부스라는 결론을 내렸다.

그러나 지금도 이를 의심하는 사람이 있어 미국 역사에서 풀리지 않는 의문 가운데 하나로 남아 있다.

# 왕이 준 꽃씨

어린이들을 좋아하는 왕이 있었다. 왕은 정직하고 착한 아이들을 찾기 위해 많은 아이들을 모아 놓고 말했다.

"이제 봄이구나. 너희들도 화단에 꽃씨를 심어야지. 오늘은 내가 세상에서 가장 아름다운 꽃씨를 너희들에게 주겠다."

왕은 준비한 꽃씨를 아이들에게 나누어 주면서 다시 말했다.

"이 꽃씨를 갖다가 화분에 잘 심거라. 그리고 석 달 후에 그 화분을 가져오면 그때 가장 아름다운 꽃을 피운 사람에게는 큰 상을 주겠다."

아이들은 꽃씨를 받아다가 화분에 심었다. 그런데 웬일인지 한 달이 지나도 싹이 나오질 않았다. 그래서 다른 꽃씨를 다시 심어서 가꾸었다.

어느덧 석 달이 지났다. 아이들은 모두 울긋불긋 아름다운 꽃들이 피어 있는 화분을 들고 왕에게 갔다. 그런데 왕은 아름다운 꽃들을 보고도 즐거워하지 않았다.

잠시 후 왕은 제일 마지막에 아무것도 피어 있지 않은 화분을 들고 있는 아이에게 물었다.

"너는 왜 아무것도 들어있지 않은 화분을 들고 왔느냐?"

"네! 전하께서 주신 씨앗을 심고 나서 물을 주며 정성껏 가꾸었는데도 끝내 싹이 나오질 않았습니다."

왕은 그 아이의 말을 듣고 난 뒤에 그를 끌어안으며 말했다.

"오! 너야말로 참으로 정직하고 착한 아이로구나."

왕은 기뻐하면서 약속대로 큰 상을 주었다.

왕은 아이들의 정직성을 보기 위해서 생명이 없는 죽은 씨앗을 주면서 심으라고 했던 것이다.

인간은 유년시대부터 이미 성인의 모습을 나타낸다.
아침의 날씨가 그날의 날씨를 나타내듯이. – 밀턴

2
생각하며
느끼며

사랑은 함께 바라본다 | 한국화 채색 | 33.4×21.2cm | 배명

# 촛불은 타고

배 명 식

촛불이 타는 탁자를 두고
그대가 나를 보고 있다
먼 세월로 가는 시간이 타고
기억처럼 새긴 언어들도 놓인다

가슴에 스민 말러의 교향곡은
밤하늘을 덮는 겨울나무들을
다 지나게 한다

그대여, 잊지 말라
달리는 기차처럼 시간이 추락해도
내 마음은 그대에게  너무도 가까이 있는
촛불로 타고 있는 것을.

# 심리 투사

하버드 대학의 로제트 로젠탄 박사는 쥐에 대해서 다음과 같은 실험을 했다.

먼저 학생과 쥐를 각각 세 그룹으로 나눈 후, 첫째 그룹의 학생들에게 한 그룹의 쥐를 주면서 말했다.

"여러분은 행운아들입니다. 천재적인 쥐를 다루게 되어서…… . 때문에 여러분에게 큰 기대를 합니다."

그리고 둘째 그룹의 학생들에게도 말했다.

"여러분은 보통 쥐를 다루게 되었으니 그냥 보통 정도의 기대를 하겠습니다."

셋째 그룹의 학생들에게는 이렇게 말했다.

"여러분은 좀 둔한 쥐들을 다루게 되었으니 별로 기대하지 않겠습니다."

실험 결과, 천재라고 소개한 쥐들은 천재처럼 능란하게 행동했고, 보통이라고 소개한 쥐들은 보통의 성적을 올렸으며, 둔하다고 소개한 쥐들은 형편없이 행동하는 것을 알게 되었다.

사실 천재 쥐, 보통 쥐, 둔한 쥐란 있을 수 없는 것이었다. 그런데 학생들의 마음자세가 쥐에게 투사되어 그런 결과가 나왔던 것이다.

이런 사실은 로젠탈 박사와 자곰슨 등의 연구에 의해 피그말리온 효과라는 이름으로 알려졌다. 즉 교사가 학생에 대해 긍정적인 기대를 가지면 학생은 실제로 교사의 기대만큼 훌륭하게 된다는 이론이다. 이 피그말리온 효과는 나이가 어릴수록 더 효과적으로 나타난다고 한다.

상대방에게 기대를 가지고, 그 기대를 전달하는 것은 매우 중요하다. 그럴 경우 상대는 심리적으로 그 기대에 부응하는 사람이 되려고 노력하며, 또 기대처럼 된다는 것이다.

고대어로, '사람man' 은 '마음mind' 이라는 의미였다. 사람은 곧 마음이며, 또한 마음은 힘이다. 마음의 힘을 이용하여 사고하고 행동으로 옮긴다면, 우리는 무한하고 풍요로운 세계로 옮아갈 수 있다.

# 강철보다 강한 유리

깊은 물속에는 엄청난 압력이 작용한다. 해저 탐험을 할 때 가장 큰 장애가 바로 이 압력이다.

바다 속의 압력은 10m 내려갈 때마다 1㎠에 가해지는 압력이 무려 1kg씩 늘어난다. 잠수정을 타고 가장 깊게 내려간 기록은 1960년 미국 해군이 트리에스테 호를 타고 수립한 1만 196m라고 한다.

이보다 더 깊이 내려갔더라면 아마 물의 무게로 부서지고 말았을 것이다.

요즈음은 잠수정을 유리로 만든다. 유리가 강철보다 강하다면 쉽게 이해되지 않을지 모르지만, 큰 압력을 견디어 내는 데 유리가 강철보다 훨씬 센 것이 사실이다.

그 이유인 즉 유리 표면에는 눈에 보이지 않는 작은 흠이나 티 같은 것이 있다. 거기에 압력을 받으면 서로 얽히고 짜이면서 밀착하기 때문에 강철보다 더 강해진다.

이러한 기술은 하와이에 있는 해양재단 이사장 테일러 프라이어와 같은 과학자들에 의해 개발되고 있다.

프라이어는 사람이 유리 잠수정을 타고 태평양의 6,000m 바다 속까지 내려가 해저 생태계를 조사하는 데 목표를 두고 있다. 그 깊이에서는 물 $1cm^2$에 가해지는 수압이 거의 700kg이나 된다. 유리 잠수정은 그 깊이에서도 안전할 뿐만 아니라 사방을 쉽게 살펴볼 수도 있다. 또 빛을 어느 방향으로든지 마음대로 굽힐 수도 있다.

사람의 머리카락보다 더 가늘고 부드러운 유리섬유에는 빛을 전달해 주는 기능이 있다.

이 유리섬유를 비전 튜브라고 하는데, 의학에서는 사람의 허파와 위의 벽 등을 검사하는 데 사용하고 있다. 그리고 산업에서는 이 원리를 이용하여 눈으로 볼 수 없는 엔진 내부의 부품까지 검사한다.

고속도로 위에 높다랗게 신호등을 설치할 때, 전구는 관리하기 쉬운 지상에 장치하고, 높은 곳에는 유리관을 통해 빛을 전하는 방식을 쓰기도 한다.

지금 과학자들은 빛의 속도로 수천 통화를 동시에 할 수 있는 유리섬유 묶음으로 된 전화 케이블도 시험하고 있다.

이런 유리의 역사는 자그마치 4500년이나 된다.

유리섬유로는 비단처럼 부드러운 천을 짤 수도 있고, 강철보다 여섯 배나 강한 재료를 만들 수도 있어서, 이것으로 미사일의 앞부분을 만들면 대기권 안으로 들어갈 때 발생하는 높은 온도에도 이상이 없다.

초음속 여객기 콩코드의 조종실 앞 유리는 섭씨 영하 50도에서 영하 120도까지도 견뎌 낼 수 있는 두께 3.8cm의 특수 유

리로 되어 있다. 그리고 두께 6mm의 판유리 여섯 장이 밖에서 조종실 앞 유리를 보호한다. 이 판유리에는 자외선의 침투를 막기 위해 두께가 80만 분의 1mm로 금도금을 한다.

시공간 속의 물질은 모든 부의 원천인 신성한 우주의 물질과 연결되어 있다. 인간의 사고가 그 신성한 물질을 인정하고 불러들일 때 인간의 삶에는 무한한 가능성이 열린다. 고대에서부터 현대까지 사람들은 만물이 신성한 물질에 그 뿌리를 두고 있다는 믿음을 가지고 살아왔다.

아인슈타인은 말년에 모든 물질세계는 전자기와 중력으로 환원될 수 있을 것이라고 가르쳤다. 그는 두 가지를 초월한 하나의 통일, 즉 전자기와 중력을 결합시킬 어떤 것을 찾고 있었지만, 결코 그것을 발견하지 못했다. 그러나 만일 그가 그것을 발견하였다면 그것은 무엇이었을까? 그것은 다만 물질세계에 관계되는 다양성 의 통일에 지나지 않을 것이며, 따라서 단지 어린아이의 장난과 같은 것이었을 것이다. 그러므로 실제로 해결된 것은 아무것도 없었을 것이라는 이야기이다. 왜냐하면 물질세계의 근원인 인격에 관하여 요구되는 통일 및 다양성은 전혀 다루지 않았기 때문이다. 혹시 그가 전자기와 중력을 결합시킬 수 있었다 하더라도 인격적 통일과 다양성을 설명하지는 못했을 것이다.

인간은 시공간 속에서 유한하다. 때문에 그 자신 속에 충분한 통합점을 지니고 있지 못하다. 샤르트르는 만일 하나의 유한점이 무한한 준거점reference point을 가지지 않으면 그것은 무의미하고 부조리한 것이라고 했다. 인간은 영원한 생을 찾기 위한 과정에 놓여 있는 존재라는 사실을 확실히 인식할 필요가 있다.

# 귀한 나무도 숯 값은 같아

어느 부자의 아들이 여러 가지 궁리 끝에 장사를 하기로
했다. 그래서 여러 해 동안 바닷물에 잠긴 나무를 건져내어
수레에 싣고 집으로 돌아왔다. 시장에 내다 팔려는 것이었다.

그 나무는 바다에 여러 해 동안 잠겨 있어서 좀도 슬지 않
고, 단단해져서 집을 짓는 목재로 그만이었다. 그러나 그런
나무는 워낙 귀하여 값이 비싼 탓으로 얼른 사는 사람이 없었
다. 얼른 팔리지 않자 조바심이 생겨 이궁리 저궁리 끝에 그
것을 태워 숯으로 만들어 팔기로 했다.

숯으로 만들어 놓자 금방 팔려 나갔다.

그런데 그 값은 보통의 나무로 만든 숯 값과 같았다.

# 히틀러의 명령을 거역한 코르티츠

독일의 바덴바덴에는 많은 사람들로부터 존경을 받는 디트리히 폰 코르티츠 장군이 잠들어 있다. 그는 2차대전 당시 히틀러1889~1945의 신임을 받아 파리 점령군 사령관에 임명되었다.

당시의 히틀러는 한마디로 미친 사람의 화신이었다.

그는 '이 전쟁은 앞으로 1천년 동안, 독일의 운명을 결정할 것이다.' 라고 선언했다.

한편 독일군은 연합군의 노르망디 상륙에 의해 전세가 기울어 파리 점령을 계속 유지하기가 어렵게 되었다. 그러자 히틀러는 발작적으로 코르티츠에게 명령했다.

"나는 귀하에게 파리를 파괴하라는 명령을 이미 내렸다. 그 명령은 집행되었는가? 파리는 지금 불타고 있는가?"

그리하여 나폴레옹1769~1821이 잠들어 있는 앵발리드 기념
관에는 2톤의 폭약이 장치되고, 노트르담사원에는 3톤의 폭
약이 매설되어 코르티츠의 명령만을 기다리고 있었다. 그의
명령 한마디에 파리는 잿더미가 될 판이었다.

그러나 코르티츠는 망설였다. 그는 지금까지 단 한번도 상
관의 명령을 어긴 일이 없었으나 파리를 초토화시킬 수는 없
었다.

파리는 그에게 분명 적국의 수도였다. 그리고 적군은 그 도
시를 되찾기 위해 바로 눈앞에 다가오고 있었다. 또한 통수권
자로부터는 명령을 시행하라는 독촉이 불같았고, 이미 모든
준비도 끝나 있었다. 그러나 파리는 인류의 유산을 간직한 훌
륭한 도시였다. 그 문화와 예술의 도시를 전쟁의 이름으로 한

순간에 쓸어 버릴 수는 없었다.

코르티츠는 끝내 폭파 명령을 내리지 않은 채 연합군의 포로가 되었다. 그의 문화와 예술을 사랑하는 정신과 깊은 역사의식 때문에 파리는 무사할 수 있었던 것이다.

포로가 되기 직전 그는 아내에게 전화를 걸었다.

"우베르타, 당신을 끝까지 돌보아주지 못해서 미안하오. 그러나 나는 양심과 소신에 따라 행동했을 뿐이오."

연합군이 노도와 같이 독일 본토로까지 밀려 닥치자 히틀러는 유례 없는 쇼킹한 범죄양상 전 세계에 드러내 보였다. 그가 유대인을 '열등인간' 으로 규정하고, 소위 '순혈종 아리아인' 에 의한 세계 지배를 꿈꾸었다는 것은 널리 알려져 있는 일이다. 그는 자기의 생각을 실현시키기 위해 독일 전토에 걸쳐 ― 닷하우, 아우슈비츠, 베르친, 부펜발트 등 ― 강제 수용소를 건설했다. 그리고 거기에서 포로들을 대량 살상했다. 정확한 숫자는 알 수 없으나 약 1천만 명에 이르는 사람들이 그 수용소 안에서 죽어갔다.

희생자는 남자만이 아니라 여자와 아이들도 있었다. 그때 희생된 유대인은 무려 6백만 명에 이르렀다.

그는 살육행위마저 잔인했다. 독가스, 총살, 교수형, 기아사, 독살 등 여러가지 악마적 방법이 다 동원되었다. 그것은 그가 악마에게 영혼이 빼앗겨 창안해낸 지옥이었다. 그러나 나중에는 그 자신도 지옥의 주인공이 되어야 했다. 1

1945년 4월 29일, 히틀러는 베를린의 미로와 같은 지하호에서 추종자와 의사, 점쟁이들에게 둘러싸인 채 리하르트 바그너의 음악을 들으며 생애 최후의 연기를 펼쳤다. 그리고 그 다음날, 그는 애견 블론디를 권총으로 쏴죽이고, 지하호 복도에서 추종자들과 악수로써 마지막 작별을 한 뒤 자기 방으로 들어갔다.

오후 3시 15분, 그는 음독한 에바 브라운의 시체 옆에서 한 방의 총소리와 함께 피투성이가 되었다. 그가 죽자 지하호에 있던 사람들은 일제히 담배를 꺼내어 물었다. 담배를 피지 못했던 히틀러 앞에서는 엄두도 못내던 풍경이었다.

시간이 흘러 1966년 여름, 전쟁의 상흔을 안고 바덴바덴에서 여생을 보내던 코르티츠가 숨지자 세계의 많은 신문들은 간절한 추도사로 그의 죽음을 슬퍼했다. 그중에서도 가장 깊은 애도를 보낸 것은 파리의 시민들이었다.

독일이 패전의 상처를 안고도 다시 부흥할 수 있었던 것은 전혀 우연이 아니다. 문화와 역사를 생각하는 코르티츠 장군 같은 인물이 있어 그들의 저력이 빚어낸 필연의 결과였다.

# 진심으로 연주한 거리의 악사

추운 겨울, 오스트리아의 한 도시 거리를 늙고 가난한 한 악사가 걷고 있었다. 살을 에는 추위에 바이올린을 든 손이 얼어 붙을 것 같았다.

그가 젊어서 바이올린을 연주하고 노래를 불렀을 때는 많은 사람들이 그의 아름다운 연주와 음성에 도취되어 크게 환영을 했었다. 그러나 지금은 전혀 그렇지가 않았다. 그가 하룻밤 묵어가기를 부탁해도 누구 하나 들어주는 사람이 없었다.

그가 냇가의 작은 교회에 이르렀을 때 열려진 문 사이로 제단과 예수그리스도의 십자가상이 보였다.

악사는 예수상 앞에 무릎을 꿇고 자기의 쓸쓸하고 슬픈 처지를 하소연했다. 그러자 그리스도가 자기의 기도를 듣고 위로해 주는 듯한 기분을 느꼈다.

그는 눈물이 그렁그렁해져 바이올린을 손에 들었다. 그리고는 자기가 좋아하는 곡 중에서 가장 아름다운 곡을 연주하면서 진심을 담아 노래를 부르기 시작했다.

노래를 부르는 동안 뜨거운 눈물이 두 볼을 타고 흘러내렸다.

그런데 이게 웬일인가!

예수상이 몸을 굽혀 악사 앞에 자기의 황금구두 한 짝을 가만히 떨어뜨려 주는 것이었다. 악사는 예수상에 충심으로 감사하면서 구두를 가지고 가까운 보석상에게로 갔다.

보석상은 초라한 늙은이가 너무 값진 황금구두를 가지고 온 것을 수상히 여겨 그를 경찰에 넘겨 버렸다.

"경관님! 이 구두는 절대로 훔친 것이 아닙니다."

늙은 악사는 끝까지 설명했으나 경찰은 믿어 주지 않았다. 그리고 끝내는 재판에 넘겨져 사형까지 선고받았다.

악사는 냇가의 처형장으로 끌려가게 되었다. 수많은 구경꾼들이 모였으나 가엾은 그를 동정하는 사람은 한 사람도 없었다.

그의 일행이 작은 교회 앞에 왔을 때 악사가 사형집행관에게 간절히 부탁했다.

"마지막으로 예수님을 위해 한번만 바이올린을 연주하도록 해 주십시오."

간신히 허락을 받은 악사는 예수상 앞에 무릎을 꿇고 기도를 드린 후, 바이올린을 들고 또다시 진심으로 연주하면서 노래를 불렀다.

사람들은 금세 아름답고 맑은 바이올린의 음색과 노래에 넋을 잃은 채 듣기 시작했다.

그때 예수상이 몸을 굽혀 악사에게 미소를 보내면서 남은 한 짝의 구두를 마저 떨어뜨려 주었다.

그걸 본 재판관도 구경꾼들도 거리의 악사에게 아낌없는 박수를 보냈다.

그릇됨을 깨달은 것은 이미 상냥한 마음으로 나타난다.
그 상냥한 마음은 그대들의 귀중한 운명을 변화시킬 것이며
어둠을 헤치는 빛이 될 것이다. - 괴테

# 목각 기러기

우리나라의 전통 혼례에 신랑이 나무로 만든 기러기를 안고 신부 집에 가는 절차가 있다. 목안木雁이라고 부르는 이 목각 기러기는 서로 다른 집안에서 자라온 남녀가 부부로 인연을 맺는 혼례에서 중요한 부부 금슬의 상징으로 쓰인다.

신랑이 신부집에 도착하면 초롱을 든 하인의 안내로 목안을 초례청醮禮廳에 놓고 서약을 한다.

"나는 늘 기러기처럼 가정을 지키며 부부의 도리, 자식의 도리, 부모의 도리, 가문의 도리들을 일생토록 잘 지키며 살겠습니다."

옛 어른들은 아들이 성장하여 혼인 적령기가 되면 기러기에 관한 이야기를 들려주고 단단하고 질긴 박달나무를 구해 혼례에 쓸 목안을 스스로 깎게 했다.

　그 일을 하면서 혼인과 인생에 대해 깊이 생각할 기회를 갖게 했던 것이다.

　그리고 혼례 후에는 그 목안을 평생토록 안방 머리 맡에 두고 검은 머리가 파뿌리가 되도록 서로를 사랑하는 교훈으로 삼았다.

　그런데 그 목안 만드는 일을 번거롭게 여겨 언제부턴가 마을에 공용으로 마련해 두고 빌려 쓰다가 요즘엔 아예 그마저 사라지고 말았다. 그 대신 서양식으로 반지를 서로 교환하여 끼워 주고 있으니 우리의 것을 지키지 못하는 것이 안타깝다.

# 고대 중국의 삼황 오제

중국은 기원전 2000년 무렵부터 나라를 이루었다고 한다. 하지만 그에 관한 역사적 기록은 없고, 다만 전설 같은 이야기들만 전해지고 있을 뿐이다.

그들에 따르면 삼황三皇과 오제五帝가 중국에 맨 처음 나라를 세우고 백성들을 다스렸다. 삼황이란 수인씨, 복희씨, 신농씨라는 세 명의 황제들을 가리키는데, 그들은 백성들로 하여금 원시 수렵생활에서 벗어날 수 있도록 해 주었다고 전한다.

즉 수인씨는 불을 피우는 법을 가르쳐 날고기를 익혀 먹을 수 있도록 해 주었고, 복희씨는 물고기를 잡고 가축 기르는 법을 가르쳐 주었으며, 신농씨는 농사법을 가르쳐 사람들이 한곳에 오래도록 자리잡고 살 수 있도록 해 주었다.

그럼 그들은 누구일까? 우선 그 생김새를 보면 사람과 다르다. 수인씨와 복희씨는 뱀의 몸에 사람의 머리를 하고, 신농씨는 소의 머리에 사람의 몸이었다.

그래서 오늘날 학자들은 삼황을 실제로 있었던 지도자가 아니라 단지 전설 속의 인물이라고 여기고 있다.

삼황의 뒤를 이어 중국을 다스린 오제는 황제, 전욱, 제곡, 요, 순의 왕으로서 그 형상은 신보다 인간에 훨씬 가깝다. 이들은 삼황에 이어 중국을 크게 발전시켰던 지도자들이다.

오제의 첫 번째 인물인 황제는 창힐이라는 신하를 시켜 한자라는 글자를 처음 만들게 했다. 그리고 처음으로 의복이나 수레도 만들어 사람들의 생활수준을 크게 높였다.

그런데 황제가 중국 민족을 다스릴 때 북방 민족의 지도자인 치우가 자주 군대를 끌고 와 괴롭혔다. 그래서 황제는 탁록이라는 들판에서 치우와 두 차례에 걸친 대전쟁을 벌여 승리를 거두었다. 이 승리로 중국 민족은 마침내 중국 대륙의 주인이 되었다. 이 때문에 중국 사람들은 황제를 중국 민족의 시조라고 여기고 있다.

그런데 아무리 뛰어난 인물이라 해도 한 사람이 드넓은 중국을 통일하고, 문자와 의복, 수레 등등을 모두 만들었다고 믿기는 어렵다. 다만 오제의 마지막 두 왕이 요 임금과 순 임금은 실제의 인물이었을 것으로 추측한다.

공자는 사서 《춘추》에서 이 두 임금이 다스렸던 때를 요·순 시대라고 불렀으며, 이를 중국 역사의 시작으로 보았다.

이 시대에 중국은 아주 평화로웠고, 살림살이도 크게 발전했다. 그래서 지금도 사람들은 요·순 시대라는 말을 평화롭고 아무 걱정 없는 시대라는 뜻으로 사용하고 있다.

하지만 이 평화로운 시절에도 큰 골칫거리가 있었다. 바로 드넓은 농토를 가로지르는 황하강이었다.

황하는 걸핏하면 흘러넘쳐 농사에 큰 피해를 주었다. 과학이 발달한 요즘도 홍수는 농사의 큰 적인데, 하물며 옛날 사람들에게는 더 말할 것도 없었을 것이다.

그런데 순 임금 때 우라는 사람이 나타나 치수에 큰 공을 세웠다. 순 임금은 그의 업적을 높이 평가하여 그를 자신의 후계자로 삼았다. 훗날 우는 지금까지 나라 이름이 전해지는 중국 최초의 나라인 하나라를 세웠다.

# 천국은 마음속에 있다

옛날, 남자와 여자가 한 동굴에서 살았다. 남자는 날마다 숲으로 나가 사냥을 하고, 여자는 남자를 기다리며 맛있는 요리를 하기 위해 온 정성을 기울였다.

그런데 남자가 잡아오는 사냥감은 매일 그 양이 달랐다. 어떤 날은 산돼지며 토끼며 잔뜩 잡아오다가, 또 어떤 날은 빈손으로 돌아오기도 했다.

남자가 아무 것도 잡아오지 못할 때는 두 사람은 하루 종일 굶주려야 했다. 그런데 그런 날이 점점 많아졌다. 여자는 이상하게 생각했으나 직접 사냥을 나갈 수가 없어 그냥 동굴에 남아서 남자를 기다릴 수밖에 없었다.

남자가 사냥을 가는 길은 두 갈래였다. 왼편으로 가면 사냥

터가 나왔고, 오른쪽 길에는 천국이라는 푯말이 세워져 있었
다.

'천국에 가면 곱고 아름다운 천사들이 많을 거야.'

남자는 생각은 그렇게 했지만 아직 한번도 그 길로 가 보지
는 않았다. 반드시 여자를 위해 사냥감을 구해야 한다는 책임
감과 또 잘못 들어갔다가 영영 길을 잃어버릴지도 모른다는
두려움 때문이었다.

여자가 남자의 마음을 알아차리고 물었다.

"당신 요즘 무슨 고민거리라도 있으세요?"

"글쎄, 사냥 가는 길에 천국으로 가는 길이라는 푯말이 있
던데, 그곳에 가면 정말 천사가 살고 있을까?"

남자는 그 동안 고민해 오던 것을 쏟아놓았다.

여자는 자기가 천사의 역할을 하기로 마음먹고 남자가 사
냥을 하고 돌아올 때에 맞추어 예쁜 옷에 얼굴도 아름답게 치
장했다. 그러자 저녁에 돌아온 남자가 감탄했다.

"와! 우리 집에 진짜 아름다운 천사가 있었네!"

다음날 남자는 숲 속으로 가서 천국으로 가는 길이라고 쓴
푯말을 뽑아 버렸다.

사랑에서 멀어질 때 사람은 헤매이게 된다. — 파스칼

# 편견의 어리석음

미국 시골 학교의 한 선생이 아이들과 즐거운 시간을 보내고 있었다. 그런데 갑자기 교장 선생님이 그리로 오신다는 전갈을 받았다.

선생은 어린이들을 한 줄로 정렬시켜 맞기로 했다.

먼저 백인 아이들을 제일 앞에 세우고, 황색, 밤색, 제일 끝에 흑인 아이들을 세웠다.

줄을 다 세워 놓고 보니 뭔가 만족스럽지가 못했다. 그래서

다시 정렬하느라고 아이들이 뒤섞여 있는데 교장 선생님이 들어왔다.

교장 선생님은 아주 흡족한 표정으로 백인 아이와 흑인 아이를 가리지 않고 머리를 쓰다듬으며 격려해 주셨다.

그 모습을 보면서 선생은 자신의 생각이 얼마나 어리석었는지 깨달았다. 그리고 나서 아이들의 얼굴을 바라보니 이상하게도 아이들의 피부 색깔이 보이지 않았다. 다만 천진난만한 웃음을 지으며 함께 어울려 놀고 있는 아이들은 그저 똑같은 아이들일 뿐이었다.


1993년, 미국에서는 흑인 여성 최초로 토니 모리슨 Toni Morri - son이 노벨문학상을 받았다. 그리고 2008년에는 케냐 출신 흑인 오바마가 대통령에 당선되었다.

유럽에서 건너온 백인들은 신대륙에 낙원을 건설하는 과정에서 두 가지 불가피한, 그러나 치명적인 잘못을 저질렀다.

첫째 잘못은 자기들만의 낙원을 건설하기 위해 아메리카 원주민들을 멸종시킨 것이고, 둘째 잘못은 자기들만의 부를 위해 아프리카 흑인들을 데려다가 노예로 착취한 것이다. 이 두 가지 잘못은 〈미국의 꿈 American Dream〉을 위협하는 악몽이 돼 미국인들을 괴롭혀 왔다. 그 악몽은 매시대마다 미국의 중

심문화인 백인문화와 주변문화인 소수 인종 문화 사이에 충
돌과 갈등의 형태로 나타났다. 그리고 그때마다 백인문화는
특권적 위치를 유지하기 위해 소수 인종 문화를 억압해 왔다.

American Dream에 담긴 의미는 미국에서는 누구나 열심히
일하고 노력하면 성공할 수 있다는 것이고, 또한 누구에게나
성공할 수 있는 자유와 평등한 기회가 주어지는 민주주의 사
회의 구현이었다. 1920년대 이전까지만 해도 미국의 여성들
은 투표권이 없었고, 흑인들의 경우는 60년대 초반 민권법
Civil Right Acts이 통과되기 전까지 미국의 국민으로서 평등권을
인정 받지 못했다.

그러나 1990년데 이후부터 미국의 학계와 문단은 활발하게
다문화주의와 탈식민주주의가 전개되어 소수 인종 문학과 문
화에 대한 전례 없는 관심과 열기에 휩싸여 지금까지 이어져
오고 있다.

세계는 하나의 공동체이다. 그러므로 인종과 지역의 편견
을 넘어 진정한 인류공동체의 사랑이 실현되어 나가야 한다.

# 아내를 트집잡던 남편

아내가 매사를 자기의 마음에 들게 일을 하지 않는다고 일년 내내 화만 내며 사는 남자가 있었다.

추수가 한창인 어느 해 가을. 저녁 늦게 밭에서 돌아온 남자는 그날도 아내에게 '이것도 잘못했다, 저것도 잘못했다' 트집을 잡기 시작했다.

"여보, 너무 그렇게 매몰차게 몰아붙이지 마세요."

아내가 다소곳하게 달랬으나 그는 조금도 수그러들지 않았다. 그러자 아내가 제의했다.

"그럼, 이렇게 해 보면 어때요? 일을 서로 바꿔서 해 보는 거예요. 내가 밭에 나가 일을 할 테니 당신이 집안 일을 하세요."

"그래, 그렇게라도 해보자구."

남편은 아내의 제의에 찬성했다.

이튿날, 아내는 일찍부터 호미를 들고 밭으로 나가고, 남편은 집안일을 시작했다.

남편이 제일 먼저 해야 할 일은 버터를 만드는 일이었다. 버터통 속의 우유를 한참 휘젓노라니 목이 말랐다. 그래서 지하실로 내려가서 맥주통의 마개를 빼고 맥주를 받으려고 했다.

바로 그때 부엌으로 돼지가 들어오는 소리가 들렸다. 남편은 손에 맥주통의 마개를 든 채 급히 계단을 올라갔으나 돼지는 이미 애써 만들어 놓은 버터를 뒤엎어서 온통 난장판이 되어 있었다.

남편은 화가 머리끝까지 치밀어 맥주통 따위는 이미 머리속에 남아 있지 않았다. 필사적으로 돼지 뒤를 쫓아가 배를 힘껏 걷어찼다. 그러자 돼지는 그 자리에 쓰러져 죽고 말았다.

그는 그때서야 자신의 손에 맥주통 마개가 들려져 있는 것이 보였다. 그래서 황급히 지하실로 뛰어갔다. 맥주는 한 방울도 남지 않고 지하실 바닥에 흥건히 흘러 있었다.

그는 점심식사에 필요한 버터나 다시 만들 작정으로 버터통 쪽으로 갔다. 그때! 젖소를 외양간에 매어 놓은 채 아무 것도 주지 않은 것이 생각났다. 그런데 목장까지는 너무나 멀었다. 그래서 생각했다.

'그렇지. 소를 지붕 위에 올려놓아야겠다.'

그의 집 지붕은 온통 풀이 자라 목초밭이 되어 있었고, 가파른 오르막길 옆에 있어서 오르막 중턱에서 지붕으로 널빤지만 걸쳐 놓으면 젖소를 지붕으로 데려가는 것쯤은 문제도 아니었다.

그런데 어린아이가 방안에서 이리저리 기어다니고 있었기 때문에 버터통을 그대로 둘 수가 없어 아예 짊어지고 밖으로 나가다가 젖소를 지붕으로 끌고 가기 전에 물을 미리 먹여 두는 것이 좋겠다고 생각했다. 그래서 물을 긷기 위해 우물 안으로 몸을 구부리는 순간, 버터통의 크림이 우물 속으로 쏟아져버렸다.

그렇게 갈팡질팡 하는 사이 벌써 점심시간이 다 되었다. 그는 버터를 만드는 일이 어렵게 되자 죽을 끓이기로 했다. 냄비에 물을 부어 불 위에 얹으려 하는데 지붕에 올려놓은 젖소가 땅바닥으로 떨어져 목이 부러지면 어쩌나 하는 걱정이 들었다. 그래서 지붕으로 올라가 밧줄의 한쪽 끝을 젖소의 목에 매고, 한쪽 끝은 굴뚝을 통해 부엌으로 나오게 했다. 그리고는 부엌으로 내려가 밧줄을 자기의 발에 묶었다. 그러는 동안 냄비의 물이 펄펄 끓어 죽을 휘저어야 했다.

그런데 우려하던 대로 젖소가 지붕에서 굴러 떨어지는 바람에 그의 발목에 묶인 밧줄이 당겨져 올라가 그는 굴뚝 속에 대롱대롱 매달리고 말았다. 그러다가 소가 움직이자 아예 굴뚝 속에 꽉 끼어서 움직일 수조차 없게 되었다.

한편, 아내는 남편이 점심을 가져오기를 아무리 기다려도 오지 않자 집으로 돌아와 보니 집안 꼴이 말이 아니었다.

아내는 우선 지붕으로 올라가 소의 고삐를 잘랐다. 순간 굴뚝 속에 매달려 있던 남편은 그대로 떨어져 죽 냄비 속에 거꾸로 처박히고 말았다. 고삐가 끊긴 소는 얼씨구 자유로구나 하고 멀리 도망가버리고, 배가 고픈 아린아이는 젖을 달라고 매달렸다.

그 후부터 남편은 트집잡는 일이 없어졌다.

어거스틴은 다음과 같이 말했다.

"만일 하나님이 여성으로 하여금 남성을 지배하게 하려고 했더라면 아담의 머리에서 여성을 창조하였으리라. 또 여성으로 하여금 남성의 노예가 되게 할 생각이었다면 아담의 발에서 여성을 창조하였으리라. 그러나 하나님은 남성의 옆구리에서 여성을 창조하였다."

# 어머니의 지혜

채석장에서 돌을 캐내기 위해 인부들이 화약의 도화선에 불을 붙이려는 순간이었다. 그때 난데없이 두어 살쯤 되어 보이는 꼬마아이가 발파장 앞으로 아장아장 걸어나왔다.

곧 화약이 터질 텐데 큰일이었다.

사람들이 큰 소리로 피하라고 말했지만 아이는 너무 어려서 말귀를 알아듣지 못하고 웃기만 할 뿐이었다.

이때 아이의 어머니가 얼른 무릎을 꿇어 어린아이와 눈높이를 맞춘 후 가슴을 열고 젖을 보여주며 사랑에 찬 목소리로 아이를 불렀다.

"아가야, 쭈쭈!"

그러자 아이는 엄마의 품으로 쪼르르 달려왔다.

순간 커다란 폭음과 함께 돌덩어리들이 사방으로 떨어졌다. 일촉즉발의 순간이었다.

엄마의 침착한 행동이 아이로 하여금 당황하지 않고, 위험 지역에서 벗어나게 해 귀한 생명을 구할 수 있었던 것이다.

러시아의 소설가 고리끼는 《어머니》라는 소설에서 다음과 같이 말했다.

"삼가 여성들 앞에 머리를 숙이자! 어머니는 모세를 낳았고, 마호메트를 낳았으며, 위대한 예언자 예수를 낳았다. 인류를 위하여 공헌한 위대한 인물들은 모두가 어머니의 자식이며, 그 젖에 의하여 자라났다. 세계가 자랑거리로 삼는 모든 인물들, 그들을 낳은 사람은 어머니이다."

어머니와 아들을 이어주는 감정은 완고하고 순수하며 아름답다.
거기에는 어떠한 얼룩도 있지 않다. 아들에게는 어머니란
하나님과도 같은 것이고, 어머니는 전능한 존재다. – 파스칼

# 생명을 앗아간 욕심

러시아에 한 가난한 농부가 있었다. 그의 유일한 소원은 자기 땅을 가지고 농사짓는 것이었다. 대물림을 하여오던 머슴살이 운명에서 벗어나고 싶었던 것이다.

어느 날, 농부는 신문에서 즐거운 기사를 보았다. 한 귀족이 원하는 사람에게 땅을 무료로 준다는 내용이었다.

농부가 귀족을 찾아가자 귀족이 말했다.

"좋소! 당신이 원하는 만큼 땅을 주겠소. 단, 조건이 있소."

"무슨 조건인지요?"

"당신이 해가 뜰 때부터 해가 질 때까지 걷거나 뛰어서 한 바퀴 돌아오면 그 안의 땅을 모두 주겠소."

"정말이지요? 약속은 꼭 지키셔야 합니다."

이튿날 새벽, 농부는 도시락과 물통, 괭이를 준비해 가지고

귀족과 약속한 장소로 나갔다. 그리고 귀족에게 출발 신호를 받은 농부는 넓은 들을 달리기 시작했다. 넓은 들판이 모두 좋은 땅이었기 때문에 조금이라도 더 멀리, 더 크게 차지하고 싶은 생각에 도시락은 아예 던져 버리고 점심도 굶은 채 죽자사자 달렸다.

그렇게 농부가 괭이로 땅에 표시를 하며 크게 원을 그리고 있는데 벌써 해가 뉘엿뉘엿 지고 있었다. 이젠 마무리를 해야 할 시간이었다. 농부는 있는 힘을 다해 달렸다. 그러나 귀족이 있는 곳까지 도착하기도 전에 지쳐서 엎어지고 말았다.

귀족은 농부의 어깨를 흔들어 깨웠으나 농부는 영영 일어나지 못했다. 귀족은 농부가 돌아온 땅을 굽어보며 중얼거렸다.

"결국 다섯 자 땅밖에 차지하지 못하는데 너무 욕심을 내다가 하나밖에 없는 생명을 잃었구나."

# 스승과 왕에 대한 도리


정鄭나라와 위衛나라가 싸울 때였다. 정나라에는 자탁유자子卓有子라는 장수가, 위나라에는 유공지사劉公志士라는 장수가 있었다. 두 사람은 모두 활의 명수였다.

처음엔 전세를 유리하게 이끌어 가던 자탁유자가 갑자기 병이 나서 활을 쏠 수 없었다.

그는 시종에게 물었다.

"위급한 때에 내가 병을 얻어 죽게 되는구나. 그런데 나를 쫓고 있는 적의 장수가 누구인지 아느냐?"

"예, 유공지사라고 합니다."

그 말을 들은 자탁유자는 금방 얼굴이 환해졌다.

"정말이냐? 그렇다면 살 수 있겠구나!"

그 말의 뜻을 알 수가 없어 어리둥절해 하는 시종에게 자탁유자가 설명했다.

"나를 쫓는 유공지사는 일찍이 윤공지타에게 활 쏘는 법을 배웠는데, 그 윤공지타에게 활을 가르친 사람이 바로 나다. 윤공지타는 마음이 곧고 은혜와 의리를 아는 사람이니, 그에게서 배운 사람이면 당연히 마음이 바르고 사리에 밝은 사람일 것이다."

얼마 후, 자탁유자를 뒤쫓아온 유공지사가 말했다.

"선생님께서는 어찌하여 활을 잡지 않으십니까?"

"병이 나서 활을 잡을 수 없소이다."

"저는 선생님이 저의 스승도 된다는 사실을 알기에 차마 해칠 수가 없습니다."

유공지사는 화살에서 촉을 뺀 후 자탁유자에게 쏘았다.

촉이 없는 화살을 쏜 것은 자기는 위나라 장수로서의 의무를 다함과 동시에 궁술의 스승을 살려주기 위해서였던 것이다.

# 소설가의 선택

대통령이 파티를 열기 위해 각 분야의 명사들에게 초청장을 보냈다.

한 소설가도 초청장을 받았으나 그는 참석하지 않았다. 대통령이 언짢게 생각하고 한마디 했다.

"괘씸한 소설가로군. 감히 내 초청에 오지 않다니……."

얼마 후, 대통령에게 한 장의 전보가 날아왔다. 그 소설가가

보낸 전보였는데, 거기에는 이렇게 적혀 있었다.

'초등학교 때의 담임선생님이 여는 파티에 가야 했기 때문에 각하의 파티에 참석하지 못했습니다. 초청장은 동시에 왔지만 아무래도 저희 선생님의 파티에는 각하의 파티보다는 사람이 적을 것이라 생각되어서 그렇게 했던 것입니다. 저의 선생님은 제가 가지 않으면 무척 허전해 하셨을 것입니다.'

전보를 보고 난 대통령은 빙그레 웃으며 고개를 끄덕였다.

# 인어

**덴마크**의 한 항구에는 안데르센1805~1875을 기념하기 위한 조그마한 동상 하나가 있다.

조각가 에드바르드 에릭센이 조각한 이 동상은 인어공주의 이야기를 전달해 주는 동상으로써 많은 관광객들의 사랑을 받고 있다.

아름다운 바다의 처녀, 사람의 머리에 물고기의 꼬리를 가진 이 전설의 처녀는 많은 사람들에게 감동을 준다.

558년, 아일랜드 북쪽 벨파스트 호수에서 잡힌 인어는 매우 기구한 운명과 과거를 갖고 있다. 그 인어는 원래 리반이라는 어린 소녀였는데 어느 해 여름 홍수가 져 가족이 모두 떠내려가고 말았다. 그래서 리반은 혼자 물속에서 살아야 했는데 그

때 점차 인어로 변해 갔다.

소녀는 외롭고 슬플 때마다 노래를 불렀다. 그러자 파도 속에서 소녀의 노래가 들려온다는 소문이 꼬리를 물고 세상에 퍼져나갔다. 그러자 호기심 많은 사람들이 배를 타고 나가 그물을 던져 소녀 인어를 잡아 올렸다. 사람들은 그 인어를 '바다에서 태어났다' 는 뜻으로 머젠Murgen이라고 불렀다.

머젠은 극진한 사랑 속에 세례를 받았고, 세상을 떠난 뒤에는 '성녀 머젠' 이라고 불리었다. 사람들은 머젠이 기적을 일으킨다고 믿었다.

1403년에는 네덜란드의 베스트프리스란트 에담 근처 바닷가에 또 다른 인어가 표류해 왔다.

마을 여자들은 그 인어를 마을로 데리고 와 몸에 붙은 해초를 떼어 주며 친절하게 보살펴 주었다. 그런데 그 인어는 15년 동안이나 살면서도 끝내 말을 배우지 못하고 죽어 교회 묘지에 묻혔다.

또 스코틀랜드 앞바다의 성지 아이오나 섬에도 인어가 나타났다. 그 인어는 날마다 한 차례씩 성직자를 찾아왔고, 그러다가 정이 들어 서로 사랑하게까지 되었다. 그러자 그 인어는 사람과 같이 영혼을 갖고싶어했다.

성직자가 말했다.

“그럴려면 바다를 버리고 육지로 올라와 살아야 한다.”

그러나 인어는 육지에 올라와서는 살 수가 없었으므로 끝내 영혼을 갖지 못했다.

성서 시대 필리스티아 사람들과 바빌로니아 사람들은 물고기 꼬리를 가진 신들을 숭배했다.

페니키아와 코린토스의 화폐인 동전에도 인어가 등장한다. 또 알렉산더 대왕은 아름다운 바다 처녀들과 함께 유리공을 타고 여러 차례 바다 밑을 찾아가는 모험을 했다는 기록도 있다.

전설 속의 인어는 흔히 애처로운 이야기의 주인공으로 나온다. 물론 인어와 인간과의 사랑은 대개 행복하지 못하고 비극으로 끝났다.

# 어린 병사를 직접 구한 장군

1800년, 프랑스의 나폴레옹 군대가 이탈리아를 공격하기 위해 험난한 알프스 산의 눈보라 속에서 여러가지 무기를 끌고 행군하고 있었다.

자연히 굶주리고 지친 병사들의 신음소리가 여기저기서 터져 나왔다.

"자, 조금만 더 힘을 내라. 이 봉우리를 넘으면 거기서부터는 내리막길이다. 그러니 조금만 더 힘을 내!"

총지휘관 맥도날드1866~1973 장군이 부하들을 격려했다.

워낙 눈이 많이 쌓여 병사들은 한 걸음 올라갔다가는 두 걸음씩 아래로 미끄러졌다.

"피에르, 피에르, 어디 있나?"

"예 장군님, 저 여기 있습니다."

열두세 살 된 소년 병사가 장군 앞으로 달려왔다.

"피에르, 힘차게 진군의 북을 쳐서 병사들의 사기를 올려라!"

"예, 알겠습니다!"

소년은 있는 힘을 다해 북을 치기 시작했다.

"그래! 네 북소리를 들으니 기운이 솟는구나!"

지친 병사들은 피에르의 북소리에 힘을 얻어 함성을 울리며 다시 전진했다. 그런데 갑자기 거센 바람소리와 함께 산이 요란하게 진동을 했다.

"눈사태다! 모두들 바위 뒤로 엎드려라!"

맥도날드 장군의 다급한 명령이 떨어지기도 전에 산봉우리의 눈덩이가 와르르 무너져 병사들을 덮쳤다.

잠시 후, 눈사태가 가라앉자 맥도날드 장군이 병사들을 향해 소리쳤다.

"다들 무사한가?"

"장군님, 피에르가 보이지 않습니다."

"뭐? 피에르가?"

피에르는 미처 바위 뒤로 숨지 못하고 눈에 밀려 낭떠러지로 떨어졌던 것이다.

장군은 절벽 아래를 내려다보며 소리쳤다.

“피에르, 피에르, 대답하라!”

그 소리는 낭떠러지 아래로 메아리쳐 울렸다. 그러나 피에르의 대답은 들려오지 않았다.

장군의 눈에서는 뜨거운 눈물이 흘러내렸다.

“피에르, 피에르!”

그때였다.

“네! 장군님. 저 여기 있습니다.”

가느다란 목소리가 들릴 듯 말 듯 들려 왔다. 피에르의 목소리가 분명했다.

“피에르가 살아 있다!”

병사들은 너무 기뻐 환성을 질렀다.

"피에르, 조금만 기다려라. 내가 곧 구해 주마.

피에르를 안심시킨 후 장군이 명령을 내렸다.

"대포를 끌어올리던 밧줄을 가져오너라!"

밧줄이 도착하자 맥도날드 장군은 직접 절벽 아래로 내려가기 위해 허리에 밧줄을 묶었다.

"장군님, 위험합니다. 우리 군대의 운명은 장군님에게 달려 있습니다. 다른 병사를 시키십시오!"

부관이 말렸다.

"피에르는 내 부하이자 친구이다. 친구가 죽게 되었는데 구하러 가지 않는다면 어찌 진정한 친구라고 할 수 있겠는가. 자, 나를 어서 저 아래로 내려 보내라!"

부관은 더 이상 말릴 수가 없었다.

"장군님, 위험하실 땐 바로 올라오셔야 합니다."

"걱정 마라!"

장군은 천천히 골짜기로 내려갔다.

"피에르, 피에르, 어디 있느냐?"

장군이 계속 불렀지만 피에르는 대답이 없었다.

"피에르, 피에르!"

"예 장군님, 저 여기 있습니다."

그제서야 반가운 목소리가 가냘프게 들려 왔다. 급히 그 쪽으로 가자 피에르는 가슴 높이까지 눈에 파묻혀 옴짝달싹도 못하고 있었다.

"오, 가엾은 피에르! 살아 있었구나!"

장군은 눈 속에서 피에르를 꺼내어 꼭 껴안았다. 피에르는 몸만 얼었을 뿐 다행히 다친 데는 없었다.

장군은 얼른 가지고 간 구명줄로 피에르를 자기 몸에 꼭 붙잡아 맸다.

"날 꼭 잡아라!"

그렇게 해서 피에르는 병사들의 환호를 받으며 절벽 위로 무사히 올라왔다.

맥도날드 장군은 위험을 무릅쓰고 직접 어린 병사를 구함으로써 자기가 병사들을 얼마나 사랑하는가를 보여주었던 것이다.

# 거지 소녀를 도운 파가니니

눈이 내리는 추운 거리에서 한 소녀가 사람들에게 구걸을 하며 서투른 솜씨로 바이올린을 연주하고 있었다. 그러나 추위에 쫓기는 사람들은 총총걸음으로 지나갈 뿐 아무도 그 소녀에게 관심을 가져주지 않았다. 이따금씩 어린이들이 던져 주는 동전 몇 푼이 고작이었다.

그래도 소녀는 꽁꽁 언 손을 호호 불어 가며 계속 바이올린을 연주했다. 그때 한 신사가 그녀 앞에 멈추어 서서 연주를 듣다가 호주머니에 손을 넣더니 당황하며 말했다.

"아차, 옷을 갈아입으면서 지갑을 잊고 왔구나."

신사는 머뭇거리다가 소녀에게 말했다.

“얘야, 그 바이올린을 나에게 주고 넌 잠시 손을 녹이렴.”

신사는 소녀의 낡은 바이올린을 받아 줄을 맞추더니 연주를 하기 시작했다. 그런데 그 연주는 너무 아름다워 지나가던 사람들의 발걸음을 그대로 묶어 버렸다.

그렇게 신사가 연주를 마치고 정중히 인사를 하자 사람들은 우레와 같은 박수를 쳤다. 그리고 신사가 모자를 벗어 사람들 앞에 놓으니 너도나도 앞을 다투어 돈을 모자에 던졌다.

신사는 감사하다고 절을 한 후 모자 속의 돈을 모두 소녀에게 주고는 슬그머니 사라졌다.

그때 누군가가 말했다.

“저렇게 훌륭한 연주는 파가니니Paganini 1782~1840밖에 할 수 없는 연주다.”

그러자 옆에 있던 사람이 소리를 질렀다.

“맞아! 저분이 바로 천재 음악가 파가니니야!”

사람들은 신사의 따뜻한 마음에 감동하여 찬사를 보냈다.


파가니니는 이탈리아의 뛰어난 바이올린 연주가로서 크게

활약하였으며, 대단히 어려운 기교의 바이올린곡을 만들었다. 2개의 바이올린 협주곡과 〈24의 광상곡〉등이 그의 주요한 작품이다.

파가니니의 예술은 관현악 작곡가인 베를리오즈나 피아노 작곡가인 리스트에게 많은 영향을 끼쳐 낭만파음악의 흐름 속에 깊게 흘러들어 갔다.

음악은 정신 속에서 일상생활의 티끌을 소제한다. - 바흐

# 3

## 사색의
## 즐거움

저수지에서 ｜ 한국화 채색 ｜ 33.4×21.2cm ｜ 배명

# 그대에게

배 명 식

새벽 풀잎에 묻힌
그대의 마음
때 묻지 않은 끝
고운 이슬이여

물소리, 물방울소리가 따라가는
동심에 소리 지르던
고향 언덕 같은
그대의 순결

손을 잡고 서로를 알아
믿음으로 부어가는
마르지 않을 강이 흐르는
그대의 사랑.

# 뻐드렁니가 오히려 매력

미국의 인기 가수, 캐스렐리는 한때 자신의 뻐드렁니 때문에 무척 고민이 많았다.

그녀가 어렸을 적 가수의 꿈을 안고 노래를 부를 때의 일이었다. 그녀는 늘 자신의 뻐드렁니를 가리기 위해 입술을 오물오물하면서 노래를 불렀는데, 그러다 보니 그것이 습관이 되어 버렸다.

어느 날, 캐스렐리는 언제나처럼 입술을 오물거리면서 노래를 하고 있는데 청중 한 사람이 충고를 했다.

"이봐 아가씨, 당신은 뛰어난 목소리를 타고났는데 뻐드렁니를 감추기 위한 어설픈 행동 때문에 재질을 반도 발휘하지 못하고 있어요. 당신의 이는 아무렇지도 않아요. 오히려 그 뻐드렁니가 당신의 매력이 될 것이니 편하고 자랑스럽게 노래를 부르세요. 청중들은 자신감 있는 당신을 훨씬 더 좋아할 거요."

그후, 캐스렐리는 그의 충고대로 자신 있게 노래를 부른 결과 인기가 날로 상승했다.

그녀의 인기가 치솟자 코미디언들은 그녀의 뻐드렁니의 움직임을 흉내내고 다녔고, 그럴수록 그녀의 인기는 더욱 올라갔다.

엄마의 눈에는 사랑하는 아기의 허물이 보이지 않듯 그녀를 사랑하는 청중들에게는 그녀의 뻐드렁니가 보이지 않았던 것이다. 이처럼 사랑하는 이의 마음속에는 상대의 허물이 보이지 않는다.

세르반테스는 말했다.

"사랑은 이상한 안경을 쓰고 있다. 구리를 황금으로, 가난함을 풍족함으로 보이게 하는 안경이다. 때문에 눈에 난 다래끼조차도 진주알처럼 보이고 만다."

# 아들에게 눈을 이식해준 어머니

한 청년이 교통사고로 두 눈을 잃어 삶의 의지를 잃고 괴로워했다.

그러다가 안타깝게 생각한 의사의 권유로 수술을 받았다.

붕대를 푸는 날, 의사가 말했다.

"이제 한쪽 눈은 볼 수 있을 것입니다."

그러자 그는 자신이 애꾸가 되었다며 불평을 했다.

드디어 붕대를 풀었다.

그 동안 보지 못했던 세상의 모습이 한쪽 눈으로 쏟아져 들어왔다. 그때까지 자신의 병상을 떠나지 않고 뒷바라지하던 어머니의 모습도 희미하게 보이기 시작했다.

그런데 어머니의 눈이 한쪽밖에 없었다.

자신에게 세상을 보여주고 있는 눈은 바로 어머니의 눈이

었던 것이다.

사실을 알고 난 그의 새 눈에서는 뜨거운 눈물이 흘렀다.

서정시인 김소월은 1902년에 태어나 1934년에 자살하기까지 33년의 짧은 생애e동안 우리 민족 특유의 한恨이 서린 민중 정서를 민요풍의 시어로 잘 표출해내고 있다. 때문에 그는 민족시인으로서 높이 평가받고 있다. 그의 시 가운데 〈부모〉는 가요로도 불리워져 많은 사랑을 받았다.

낙엽이 우수수 떨어질 때,
겨울의 기나긴 밤,
옛 이야기 들어라.

나는 어쩌면 생겨나와
이 이야기 듣는가.
묻지도 말아라, 내일 날에
내가 부모 되어서 알아보리라.

# 가짜 박사의 강연, 진짜 박사의 대답

상대성 이론을 발표한 아인슈타인 박사는 연구할 때 외에는 거의 강연으로 시간을 보냈다.

어느 날, 그의 운전사가 그에게 말했다.

"박사님, 저는 박사님의 강연을 하도 많이 들어서 이제는 죄다 외울 정도입니다. 제가 박사님 대신 강연을 한번 해 볼까요?"

아인슈타인은 재미있겠다는 생각이 들어 그러라고 했다.

어느 날, 강연을 앞두고 두 사람은 진짜로 옷을 바꿔 입었다. 그리고 아인슈타인은 운전을 하고, 뒷좌석에는 운전사가 앉았다.

가짜 아인슈타인은 연단에 올라 강연을 시작했다.

강연은 훌륭했다. 말 한마디에서 표정까지 진짜 아인슈타인의 모습을 재현하며 성공적으로 강연을 마쳤다. 청중들은 그가 가짜 아인슈타인이라는 것을 알지 못하고 열렬한 박수를 보냈다.

그때 관중 속에서 한 사람이 손을 번쩍 들었다. 학식이 많은 대학 교수였다. 그는 진짜 아인슈타인도 대답하기 어려운 질문을 했다.

아인슈타인은 관중 속에서 손에 땀을 쥐고 바라보고 있었으나 운전사 복장을 하고 있으니 나서서 답할 수도 없고 정말 난처하기 짝이 없었다. 그러나 가짜 아인슈타인은 조금도 당황하지 않고 말했다.

"그 정도 질문에는 제 운전사도 답할 수 있습니다."

그런 다음 진짜 아인슈타인을 향해 소리쳤다.

"어이 이보게, 이분의 질문에 자네가 좀 답해 드리게나."

순간 진짜 아인슈타인은 안도의 한숨을 내쉬며 간단히 설명을 해 주었다.


아인슈타인의 저서 《나의 세계관》에는 그의 인생관, 사회관, 종교관이 잘 나타나 있다. 그는 철저한 개인주의자였다. 이때의 개인이란 창조적인 개인, 즉 인격체로서 고귀한 것, 숭고한 것을 창조하는 개인이다.

　그가 우주의 신비로운 힘을 규명한 과학자였음을 염두에 두고 다음의 문장을 읽으면 매우 흥미 있고, 감동적일 것이다.

　"우리가 경험한 가장 아름다운 것은 신비적인 것이고, 참된 예술, 참된 과학의 요람이 되는 기본적 감정이다. 그것을 알지 못하는 사람이나 신비스럽게 생각할 수 없어 경이를 느끼지 못하는 사람은 주검과 같으며, 다 타버린 초나 다름없다. 설사 공포가 섞여 있다 해도 신비의 경험이야말로 종교를 낳는 것이다.

　우리가 침범할 수 없는 존재를 안다는 것, 가장 근본적인 형태로 우리에게 나타나는 바의 가장 심오한 이성과, 가장 찬란한 아름다움의 발현을 안다는 것, 즉, 참된 종교적 태도를 나타내는 것은 지식과 감정이고, 이러한 의미에서만 나는 심각한 종교적 인간이다. 내게는 생명의 신비, 실재의 놀라운 구조의 암시 및 자연 속에 스스로를 드러내는 이성의 한 작은 부분 ― 그것이 아무리 작다해도 ― 을 인지하려는 헌신적인 노력으로 충분하다."

# 바다의 의미

바람이 스산한 초겨울. 한 여인이 바닷가에 앉아 눈물을 흘리고 있었다. 그녀에게는 아들이 셋 있었다. 그녀는 일찍이 남편을 바다에 여의고 혼자서 그 아이들을 키우느라 힘은 들었지만 언제나 마음은 행복했다.

세월이 흐른 어느 날, 장성한 큰아들이 배를 몰고 고기잡이를 나갔다. 그런데 예정된 날짜가 되어도 돌아오지 않고 신발과 몇 가지의 유품만 파도에 밀려와 모래밭에 나뒹굴었다.

둘째도 형의 뒤를 따라 어부가 되었다. 어머니의 목메인 만류가 있었지만 소용이 없었다. 그리고 그 아들도 바다에 나가더니 돌아오지 않았다.

둘째가 그렇게 되자 셋째가 나섰다. 어머니는 형들이 바다에서 돌아오지 않았으니 너는 다른 일을 해 보라고 권유했으나 소용이 없었다.

셋째도 끝내 배를 타고 바다로 나가더니 역시 돌아오지 않았다. 이제 혼자가 된 그녀는 바닷가에 앉아 세 아들을 생각하며 눈물을 흘렸다.

그런 그녀에게 한 목사가 찾아왔다.

그녀는 바다에서 남편과 아들들을 잃은 이야기를 털어놓았다. 그러자 목사가 여인의 등을 두드리며 말했다.

"아주머니! 바다는 삶의 현장이기 때문에 누군가는 그곳에 나가 일을 해야 합니다. 그래서 끝내는 바다를 정복해서 다스릴 수 있어야 합니다."

여인은 눈물을 닦으며 말했다.

"하지만 바다는 나의 남편과 세 아이들의 무덤입니다."

목사는 다시 조용히 말했다.

"바다는 지배자에게는 희망이고, 희생자에게는 무덤입니다. 그리고 순응자에게는 부드럽고 도전자에게는 강합니다. 도전하던 남편이나 아들들은 그 벽을 넘지 못한 것뿐입니다. 아주머니, 용기를 내십시오."

이튿날, 그녀는 배에 올라타고 노를 젓기 시작했다.

마지막 한 사람까지 바다에 몸을 맡기는, 도전이 아니라 순응하는 순간이었다.

# 욕심의 결과

어느 마을에 가난하지만 의좋은 나무꾼 형제가 살고 있었다.

하루는 두 형제가 나무를 하러 산으로 가는데 저쪽 숲에서 이상한 소리가 들려 왔다. 그래서 그곳으로 가 보니 빈 절구가 하나 있었다.

"여보게, 아우! 절구가 소리를 내다니, 이상한 일도 다 있군."

"보리를 찧으면 딱 좋겠는데요. 집으로 가져갑시다. 형님."

형제는 나뭇짐 대신 절구를 지고 돌아왔다.

"자! 방아를 한번 찧어 보세나."

형제는 절구에 겉보리를 한 바가지 넣고 쿵쿵 찧었다. 그런데 이게 무슨 조화인가! 겉보리가 모두 누런 금으로 변하는 것이 아닌가!

두 형제는 금을 쏟아 낸 후 다른 보리를 넣고 다시 절구질을 했다. 그러자 역시 모두 금으로 변했다.

그들은 기뻐 어쩔 줄 몰라 하며 보리를 찧고 또 찧었다. 그래서 금이 작은 산처럼 쌓였다.

"자, 이제 좀 쉬었다가 찧도록 하세."

그들은 절구를 광 속 깊숙이 숨겨 두었다.

그러던 어느 날, 형이 욕심을 부려 아우 몰래 절구에 보리를 찧었다.

"어, 이상하다. 왜 금으로 변하지 않지?"

보리는 하나도 금으로 변하지 않았다.

그리고 어느 날, 동생도 형 몰래 보리를 찧었다.

"아니, 이게 웬일이지? 그대로잖아!"

그들은 몹시 궁금했지만 둘 다 말을 꺼낼 수가 없었다.

며칠 후, 형제는 함께 절구를 꺼내 보리를 찧기 시작했다. 그런데 더 이상 금으로 변하지 않았다.

"이건 분명 형이 나 몰래 찧었기 때문이야."

"이건 아우가 나 몰래 찧었기 때문이야."

형과 아우는 서로에게 잘못을 떠맡기며 다투었다.

"아우야, 안 되겠다. 이 절구 때문에 우리가 서로 미워하다
니, 이렇게 의를 저버릴 순 없잖아."

"그래요, 형님. 저 절구를 버리는 게 좋겠습니다."

형제는 절구를 지고 산으로 올라가 처음에 있던 자리에 도
로 갖다 놓았다.

이후 형제는 마음 편하게 옛날처럼 오손도손 잘 살았다.

# 향기 없는 꽃



한 아가씨가 사치스런 차림으로 뽐내며 다녔다.

그녀는 틈만 나면 거울 앞에 앉아 얼굴에 화장을 하고, 손톱이며 발톱에 온갖 색깔로 물을 들였다. 수시로 머리 모양도 바꾸고, 이 옷 저 옷 고르느라 시간을 보냈다.

"나는 죽어서도 예쁘고 탐스러운 꽃이 되고 싶어."

그녀는 항상 이렇게 염원했다.

세월이 흘러 그녀가 늙어 죽자 창조주는 정말로 그녀의 소원을 들어 주었다. 그녀는 정말 자기 소원대로 예쁘고 탐스러운 꽃으로 피어났다. 그러나 가엾게도 향기가 없는 모란꽃이었다. 그래서 벌과 나비가 날아오지 않아 외로움에 떨어야 했다.

향기가 없는 꽃은 겉모습은 아름다워도 사랑스러움이 덜하다. 반면 향기가 있는 꽃은 비록 시선은 끌지 못해도 사랑을 많이 받는다.

꽃이란 작고 보잘것 없더라도 그윽한 향기를 온 세상에 퍼뜨려야 한다.

150년 전만 해도 꽃향기가 바람에 실려 1km나 날아 갔다고 한다. 그런데 요즘 도심에서는 얼마 밖에 퍼져가지 못한다. 모두가 대기오염 때문이다. 그리고 실제로 꽃향기 자체도 많이 감소되었다고 한다. 인류가 점점 외로워져 가는 것 같아 안타까울 뿐이다.

# 피티우스와 다몽의 우정

이탈리아 남서쪽의 시칠리아 섬을 다스리는 디오니소스 왕은 포악하기로 소문이 나 있었다. 때문에 백성들은 매일매일 두려움 속에 떨어야 했다.

뜻있는 젊은이들은 나라의 장래를 위해 못된 왕을 처단하려고 별렀다.

드디어 피티우스라는 청년이 왕을 암살하기 위해 대궐로 몰래 숨어 들어갔다. 그러나 준비가 허술했던 탓으로 그만 파수병에게 잡혀 왕 앞에 끌려갔다.

"네가 감히 나를 죽이려 했다고?"

"그렇소. 당신을 없애고 이 나라를 바로잡으려 했던 것이오."

피티우스는 조금도 굴하지 않고 자신의 뜻을 또렷하게 말했다.

"이놈을 당장 사형에 처하라!"

분개한 왕의 명령이 떨어지자 군인들이 피티우스에게 달려 들었다.

"잠깐만! 난 이미 죽을 것을 각오한 몸이오. 그러나 죽기 전에 한 가지 소원이 있소."

피티우스는 왕에게 말했다.

"나에게 3일 간만 여유를 주시오. 고향의 늙으신 부모님께 마지막 인사를 하고 싶소."

"이놈! 그런 말로 나를 속여 도망치려는 너의 속셈을 내가 모를 줄 아느냐?"

"정히 못 믿겠다면 내 친구를 볼모로 두고 가겠소."

"볼모라고? 허허, 어떤 어리석은 녀석이 네놈 대신 볼모로 남겠느냐?"

왕은 피티우스의 진심을 비웃었다.

"다몽이라는 내 친구가 볼모가 되어 줄 것이오."

"그래? 그렇다면 그 녀석을 당장 불러들여라!"

다몽이 불려와서 피티우스의 이야기를 들었다.

"다몽, 친구 대신 네가 볼모로 옥에 갇혀 있겠느냐?"

"예, 그러겠습니다. 피티우스는 저의 둘도 없는 친구입니다."

"하지만 네 친구가 사흘 안에 돌아오지 않으면 네가 대신 사형을 당할 텐데, 그래도 괜찮겠느냐?"

"예, 괜찮습니다."

다몽은 조금도 망설이지 않았다.

그래서 피티우스는 고향으로 길을 떠나고, 다몽이 대신 옥살이를 하게 되었다.

사흘째 되는 날, 왕이 다몽에게 말했다.

"오늘 네 친구가 돌아오지 않으면 너는 사형이니 각오해라."

"알겠습니다."

그런데 날이 저물고 저녁놀이 서쪽 하늘을 붉게 물들일 때까지 피티우스는 나타나지 않았다.

"다몽을 사형에 처하라!"

왕은 주저없이 명령했고, 다몽은 사형장으로 끌려갔다.

"자, 봐라. 그놈은 아직도 오지 않고 있지 않느냐?"

"아닙니다. 제 친구는 나를 속일 사람이 절대 아닙니다. 반드시 무슨 사정이 있을 것입니다."

"너를 대신 옥에 처넣고 도망간 놈이 다시 돌아올 성싶으냐?"

"그렇지 않습니다. 반드시 올 겁니다. 만약 그가 오지 못하더라도 나는 그 친구를 위해 기꺼이 죽을 것입니다."

"뭣들 하느냐! 어서 사형집행을 서둘러라!"

그 때였다.

"기다리시오! 내가 왔소!"

피티우스가 윗옷을 벗어젖힌 채 헐레벌떡 달려왔다. 모여 있던 사람들은 모두 감동하여 일제히 환성을 터뜨렸다.

"다몽, 걱정을 끼쳐 미안하네. 실은 갑자기 소나기가 쏟아지는 바람에 길이 끊겨 할 수 없이 다른 길로 돌아오느라 이렇게 늦었네. 다리는 끊어지고 배는 없고 해서 시간 안에 못 오면 어쩌나 하고 무척 애를 태웠다네."

말을 마친 피티우스는 너무도 지쳐 그 자리에 쓰러져 정신을 잃었다. 그러자 포악한 디오니소스도 감동하여 말했다.

"너희들이야말로 진정한 친구로구나! 너희들이 부럽기 한이 없다. 자, 두 사람 모두 풀어 줄 테니 더욱 의좋게 살아라!"

세네카는 말했다.

"남에게 선을 행하는 것은 자기 자신에게 선을 행하는 자이다. 이 말뜻은 남에게 베푼 선의 보답을 말하는 것이 아니라 선을 베푸는 그 행위 자체에 그 뜻이 있는 것이다. 왜냐하면 선을 했다고 하는 의식은 사람에게 최고의 보답이기 때문이다."

# 오줌 싸는 소년 동상

벨기에의 수도 브뤼셀에는 서너 살 정도 되어 보이는 소년이 오줌을 누는 동상이 있다. 소년은 발가벗은 채 아주 행복한 표정으로 오줌을 누고 있다.

17세기경 네덜란드와 벨기에는 스페인의 지배를 받고 있었다. 특히 벨기에 사람들은 유독 더 온갖 수모를 당했다.

당시 한 소년이 시내의 이층집에 살고 있었다.

어느 날, 스페인 병사 하나가 그 집의 담 밑에서 보초를 서고 있는데 발가벗은 그 소년이 창가로 다가오더니 아래를 향해 시원하게 오줌을 누었다.

그의 오줌 줄기는 곧바로 스페인 병사의 머리 위에 주르르 쏟아졌다.

　병사는 깜짝 놀라 이층을 올려다보니 어린 소년이 태연하게 오줌을 누며 씨익 웃고 있었다.

　병사는 기가 찼으나 어린아이를 상대로 야단을 칠 수 없어 투덜거리며 얼굴을 닦았다.

　그 모습을 보고 있던 벨기에 시민들은 무척 통쾌했다. 그래서 스페인을 조롱하고, 소년의 행동을 기념하는 뜻에서 소년의 집 창가에 소년과 꼭 닮은 동상을 세우게 되었다.

희망이 달아날지언정 용기마저 버려선 안 된다.
용기는 힘을 북돋워 주는 약이기 때문이다. ― 채근담

# 청렴한 목동 관리

페르시아의 한 왕이 시골을 돌아보다가 유능하고 마음이 착한 목동을 만나 그를 고급관리로 채용했다.

그렇게 해서 관리가 된 그는 매사를 공정하고 깨끗하게 처리하여 주위 사람들로부터 칭찬이 자자했다.

그가 그렇게 일을 잘 해가자 견디기 어려워진 부정부패한 무리들이 그를 부정축재자로 모함했다.

왕은 거듭되는 모함에 할 수 없이 축재의 진상을 조사했으나 어떤 흔적도 찾아낼 수가 없었다. 다만 그가 알뜰하게 간직하고 있는 조그만 상자 하나가 의심스러웠다.

그를 모함하던 무리들은 그 상자 안에 온갖 보화가 가득 들어 있을 것이라며 열어 보아야 한다고 성화였다. 왕은 할 수 없이 상지를 열게 했다.

그러나 그 안에는 그가 옛날 목동 시절에 입던 다 낡은 옷과 가죽띠, 그리고 손때 묻은 피리가 들어 있을 뿐이었다.

"폐하, 이것은 제가 과거 목동 시절에 쓰던 것입니다. 언젠가 궁정을 떠나 다시 목동 일을 하게 되면 그 때 쓰려고 보관해 두었습니다."

그를 모함하던 무리들은 부끄러워서 고개를 들지 못했다.

인간이 존경을 받는 것도 그 사람의 마음속에 달려 있고,
비열하게 되는 것도 그 사람의 생각 속에 달려 있다. - 파스칼

# 멧새의 행복

깊은 산속에서 멧새 한 마리가 꿩과 노루, 사슴, 산토끼 등 뭇 짐승들과 함께 살고 있었다. 그곳에는 사냥꾼이 들어오지 않아 그들의 낙원이었다.

그런데 언제부터인가 그들에게 걱정거리가 생겼다. 바로 저주받은 연못 때문이었다.

그곳에는 모든 짐승들이 함께 마시는 조그만 연못이 있었는데 어느 날 갑자기 저주가 내려 물을 한 방울만 마셔도 그 자리에서 목숨을 잃는 것이었다.

"애들아, 저 연못의 물은 절대로 먹지 말아라."

어미 짐승들은 새끼들에게 날마다 주의를 주었다.

그러나 철없는 어린 새끼들은 타는 갈증을 참을 수 없어 그 물을 마시는 바람에 대부분 목숨을 잃고 말았다.

때문에 낙원이었던 숲이 순식간에
슬픔의 숲이 되고 말았다. 새끼를
잃은 어미들은 눈물을 흘리며
하나둘씩 떠나기 시작했다. 그래
서 마지막으로 남은 것은 멧새 한
마리뿐이었다.

멧새는 결심을 했다.

'내가 저 연못을 메워서 친구들이 다시 돌아와 행복하게 살
게 해야지.'

그리고는 멀리 강가에까지 날아가 모래알을 한 알씩 물어
다 연못에 떨어뜨렸다. 날개가 빠질 듯이 힘이 들었지만 하루
도 쉬지 않고 열심히 날랐다.

몇 년이 지나자 멧새는 어느덧 늙고 병이 들었다.

"아, 언젠가는 이 연못이 메워지는 날이 오겠지!"

그래도 멧새는 희망을 잃지 않고 한 알의 모래라도 더 나르
기 위해 최선을 다했다. 그러나 연못은 메워지지 않았다.

"아! 그래도 나는 행복했어. 내가 할 일을 했으니까."

지친 멧새는 어느 가을날, 한마디 말을 남기고 조용히 죽어
갔다.

# 세계 최초의 법전을 만든 함무라비

1901년, 프랑스의 유적 발굴대는 페르시아 만 북쪽에 있는 고대 도시 수사에서 검은 돌기둥 하나를 발견했다. 그 돌기둥은 세 토막으로 끊어져 있었는데 이어 보니 빠진 부분 없이 완전했다. 높이는 2.2m였고 지름은 61cm였다.

돌기둥의 윗부분에는 그림이, 아랫부분에는 못대가리, 혹은 화살촉같이 생긴 문자가 촘촘히 새겨져 있었다. 고고학자들은 그 문자를 연구하여 그것이 법률 조문임을 알아내었다. 그리고 윗부분의 그림은 태양신이 함무라비 왕에게 법전을 주는 장면이라는 것도 밝혀냈다. 로마의 《유스티아누스 법전》, 프랑스의 《나폴레옹 법전》과 함께 세계 3대 법전으로 꼽히는 《함무라비 법전》이 세상에 알려지는 순간이었다.

이 법전을 만든 함무라비 왕은 기원전 1800년경, 고대 바빌

로니아 왕국이 가장 번성했을 때의 왕이다(성경의 창세기 14:1에
는 시날왕 아므라벨로 기록되어 있음). 그는 티그리스와 유프라테스
강 유역을 통일하여 강대한 고대국가를 건설하였다. 그리고
효율적인 통치를 위해 이전에 있던 모든 법률들을 종합하고
고쳐 새로운 법전을 만들어 반포했던 것이다. 함무라비 왕은
법전의 첫머리에 자신이 법전을 만든 취지를 다음과 같이 밝
히고 있다.

'정의가 온 나라에 퍼지게 하기 위해, 나쁜 자를 멸망시키
기 위해, 강한 사람이 약한 사람을 못살게 굴지 못하도록 하기
위해, 과부와 고아가 굶주리지 않게 하기 위해, 평민이 악덕
관리에게 시달리지 않게 하기 위해 이 법전을 만드노라.'

《함무라비 법전》은 전체 282조항으로 되어 있는데 절도죄,
유괴죄, 강도죄, 결혼, 이혼에 관한 것 등 인간사회에서 일어
나는 여러 가지 경우를 자세하게 다루고 있다. 그래서 고대
법전 가운데 형식적으로나 내용적으로나 가장 훌륭한 법전으
로 평가받고 있다.

그럼 이 법전을 만든 취지가 무엇이었는지 자세히 살펴보자.

많은 사람들이 무더위 속에서도 대추나무로 둘러싸인 큰
집으로 모여들었다. 그곳에서 재판이 열리게 되어 있어서 구
경하기 위해서였다.

"재판관 나으리, 제 아들이 이 사람과 다투다가 눈을 다쳐 소경이 되었습니다. 하오니 이 자를 처벌해 주십시오."

한 노인이 재판관에게 고발을 하자 옆에 있던 청년이 말을 받았다.

"아닙니다. 노인의 아들이 먼저 저에게 시비를 걸었습니다."

재판관은 두 사람이 옥신각신하는 모습을 지켜보다가 말문을 열었다.

"눈에는 눈, 이에는 이. 너는 저 노인의 아들의 눈을 멀게 했으니 너 또한 똑같은 벌을 받아야 한다. 피고의 두 눈을 노인의 아들과 같이 장님이 되도록 하라!"

이처럼 《함무라비 법전》은 '눈에는 눈, 이에는 이' 라는 똑같이 응징하는 복수의 사상을 특징으로 한다. 실제로 '만약 어떤 사람이 다른 사람의 뼈를 부러뜨렸을 경우에는 그 사람의 뼈도 부러뜨린다.' 혹은 '외과 의사가 수술에 실패하여 귀족의 자식을 죽게 만들면 그 의사의 자식도 죽인다.', '집이 무너져 집 주인이 죽으면 그 집을 지은 건축업자도 사형에 처한다.' 와 같은 것이 있다.

그러나 이러한 복수의 원칙이 모든 사람에게 평등하게 적용되었던 것은 아니었다. 즉 귀족이 평민의 눈을 못 쓰게 만들었을 경우에는 은 1kg를 지불하면 되고, 노예의 눈을 못 쓰게 만들었을 경우에는 그 반액을 지불하면 된다는 식이었다.

그러니까 똑같은 범죄라도 신분에 따라 그 처벌 내용이 달랐다. 이는 복수의 사상을 통해 공평한 정의를 실현하려 했지만 신분사회라는 한계를 넘어설 수 없었기 때문이었다.

함무라비 왕은 메소포타미아 전체를 통일하고 〈함무라비 법전〉을 만들었다. 메소포타미아에서 생긴 글자는 점토판이나 원통에 새긴것을 햇볕에 말리거나 구운 것이다. 뾰족한 것으로 새기므로 글자가 쐐기모양으로 되어 쐐기글자, 즉 설형문자라고 했다.

21세기에 들어 미국의 부시 대통령이 이라크를 침공하면서 고대 메소포타미아 문명의 유적지 대한 관심이 세계적으로 높아졌다. 이라크인들이 유물을 도굴하는 추태를 부려 이라크 대사가 부끄러움의 눈물을 흘리기도 했다.

메소포타미아는 '강 사이에 있는 땅' 이라는 뜻이며, 성서 최초의 에덴이 있는 장소이다. 사도요한이 계시록에서 인류의 마지막 전쟁으로 예언한 〈아마겟돈〉 전쟁도 동방의 군대인 중국의 군대가 유프라테스강을 건너면서 시작된다.

# 양치기의 후회

양을 치는 청년이 들판을 지나가다가 늑대 새끼를 발견하고 그 모습이 귀여워서 집에 데려다 길렀다. 그 새끼가 무럭무럭 잘 자라 어느덧 어른 늑대가 되자 청년은 슬며시 욕심이 생겼다. 늑대를 이용해 다른 집 목장의 양을 훔쳐오게 하고 싶어졌던 것이다. 그래서 늑대에게 그 방법을 가르쳤다.

　그런데 훈련을 받은 늑대는 그의 뜻과는 반대로 오히려 자기집의 양들을 하나하나 잡아먹기 시작했다.

　청년은 너무나 기가 막혀서 화를 내며 말했다.

　"배은망덕한 것 같으니라고. 내가 여태까지 키워 주었더니 이렇게 나를 배반하다니!"

　그러자 늑대가 실실거리며 말했다.

　"나에게 도둑질을 가르쳐 준 것은 바로 당신입니다. 나는 당신이 가르쳐 준 것을 실습하고 있을 뿐입니다."

　청년은 자기의 실수를 뼈저리게 후회했다.

거짓말은 눈덩이와 같다.<br>
때문에 거짓말은 굴릴수록 점점 커져만 간다. - 루터

# 누가 먼저 세수를 할까?

선생님이 아이들에게 물었다.

"두 사람이 굴뚝 속에 빠졌는데 그 중 한 사람은 새까맣게 그을음투성이가 됐고, 한 사람은 멀쩡했다면 누가 먼저 세수를 할까?"

한 아이가 재빨리 손을 들고는 말했다.

"그을음투성이가 된 사람요."

그러자 선생이 씨익 웃으며 고개를 가로저었다.

"아니, 틀렸어. 그을음이 묻은 사람은 멀쩡한 사람을 보고 '나도 멀쩡하겠지' 라고 생각하고, 멀쩡한 사람은 더렵혀진 사람을 보고 '나도 더렵혀졌겠구나' 라고 생각하게 된단다. 그래서 깨끗한 사람이 먼저 세수를 하는 거지. 자, 다시 한번 물어 볼게. 만약 두 사람이 다시 굴뚝 속에 빠졌다면 이번에

는 어느 쪽이 세수를
할까?"

이번에는 똑똑하
다는 아이가 손을 들
고 말했다.

"방금 멀쩡한 사람이 씻게 된다고 하셨잖아요."

"아니, 틀렸어. 왜냐하면 멀쩡한 사람은 씻다 보니 별로 더
럽혀지지 않았다는 걸 깨닫게 되고, 더럽혀진 사람은 깨끗한
사람이 왜 씻었는지 눈치채게 되지. 그래서 이번에는 더럽혀
진 사람이 세수를 한단다."

아이들이 모르겠다는 듯이 고개를 갸우뚱거리자 선생은 더
욱 신바람이 나서 말했다.

"자, 이번엔 잘 맞혀 봐. 만약에 두 사람이 또 굴뚝 속에 빠
진다면 이번에는 누가 씻을까?"

그러자 아이들이 입을 모아 소리쳤다.

"더러워진 쪽이요!"

"모두 틀렸어. 잘 생각해 봐. 도대체 두 사람이 똑같이 굴뚝
속에 빠졌는데 한 사람은 말짱하고 한 사람만 새까맣게 될 수
있겠어? 그러니까 두 사람 다 씻게 된단다. 하하하."

# 죽음까지 초월한 너그러움

옛날, 터키에 마음이 너그러운 남자가 있었다. 그는 손님이 찾아오면 항상 기분좋게 환영했고, 누가 무슨 물건이라도 원하면 아낌없이 주었다.

관대하고 친절한 이 남자의 소문이 왕의 귀에까지 들어가자 왕은 은근히 샘이 났다. 그래서 그에게 신하를 보냈다.

"그 남자의 바람처럼 빠르다는 말을 얻어 오너라."

신하는 폭풍이 휘몰아치는 날 그 남자의 집에 도착했다. 남자는 멀리서 온 손님을 대접하려 했으나 아무 것도 없었다. 하는 수 없이 마구간에 있는 그 바람처럼 빠른 말을 잡아서 손님을 접대했다. 이튿날 아침, 신하가 말했다.

"내가 이렇게 갑자기 방문한 것은 당신이 가지고 있는 바람처럼 빠른 말을 얻어 오라는 왕의 분부가 있었기 때문입니다."

신하의 말에 그는 고개를 숙이고 울기 시작했다.

"왜 그렇게 슬피 우십니까?"

"말이 아까워서가 아니라 왕의 뜻을 들어 드리지 못하는 것이 슬퍼서 그렇습니다. 사실은 어젯밤에 집에 고기가 없어서 당신을 접대하기 위해 그 말을 잡아 버렸답니다."

신하는 왕에게 그대로 보고했다. 왕은 그 이야기를 듣자 더욱더 질투심이 치밀어 그 사람을 아예 죽이기로 하고 자객에

게 그의 목을 베어 오라고 명령했다. 자객은 그가 어디에 머물고 있는지 알 수 없어 며칠을 두고 찾아다녔다.

피로에 지친 그는 어느 날 저녁, 그날 밤을 묵기 위하여 한 집에 들어갔다. 주인은 친절히 먹을 것과 마실 것을 대접하고 침대도 마련해 주었다.

이튿날 아침, 자객이 주인에게 자초지종을 털어놓았다. 그

말을 듣자 주인은 날이 선 칼을 가지고 와서 말했다.

"제가 그 사람입니다. 제 목을 베어 주십시오."

자객은 당황했다.

아무리 왕의 명령이라 하더라도 그처럼 마음씨가 선한 사람을 차마 죽일 수가 없었다. 자객은 왕에게 돌아가서 있었던 일을 소상히 말했다.

그 말을 들은 왕은 질투한 것을 후회하면서 말했다.

"나는 비록 남에게 물건 정도는 줄 수 있지만 목숨까지 서슴없이 내놓을 수는 없다. 그 사람이야말로 이 세상에서 가장 너그럽고, 마음이 사랑으로 가득 찬 사람이다."

# 키다리 증금련과 좁쌀 필립스

역사상 가장 키가 컸던 사람은 중국의 여성 증금련으로, 그녀는 태어난 지 4개월부터 쑥쑥 걷잡을 수 없이 자랐다. 네 살 때 이미 1미터 56센티미터였고, 열세 살 때는 2미터 17센티미터나 되었다.

그러던 그녀가 18세의 꽃다운 나이로 죽었는데 그때의 키가 자그마치 2미터 47센티미터나 되었다.

한편 세상에서 제일 키가 작은 사람은 미국의 캘빈 필립스였다.

그는 다섯 살이 되던 해에 성장이 멈춰 열아홉 살 때 고작 67센티미터에 불과했다. 그렇게 키가 작다 보니 마음만 먹으

면 아버지의 가방에 숨어서 몰래 영화관도 그냥 들어갈 수가
있었다.

그도 21세의 젊은 나이로 세상을 떠나고 말았다.

증금련은 키가 너무 커서, 필립스는 너무 작아 슬픈 삶을 살
았다.

운명이 우리에게서 부귀는 빼앗을 수 있어도
용기는 빼앗을 수 없다. – 세네카

코리 텐 붐의 《은신처 The Hiding place》라고 하는 유명한 책이 있다. 나치 독일이 유대 사람들을 잔혹하게 죽일 때 코리라고 하는 여인이 여동생 베스티와 함께 유대 사람 몇을 탈출하게 도와주었다가 체포되어 고생한 이야기를 생생하게 기록해 놓은 책이다.

그 때문에 두 자매는 라베스부르크에 있는 포로 수용소에서 다른 죄수들과 같이 생활해야 했다. 수백명의 남자 죄수들과 함께 생활을 해야 했으니 불편한 건 말할 것도 없고 우선 악취 때문에 견딜 수가 없었다. 언니 코리는 유난히 적응을 하지 못하고 울먹이며 불평했다.

"이런 데서 어떻게 살지? 이것은 죽는 것보다 못해."

그러자 동생 베스티가 말했다.

"언니! 하나님의 말씀에 범사에 감사하라고 하셨잖아. 사도 바울도 '범사에 감사하라. 이는 그리스도 안에서 너희를 향하신 하나님의 뜻이니라.' 라고 하셨고. 그러니 우리도 힘들지만 참고 감사해야지."

"이런 형편에 무슨 감사야?"

"언니, 잘 생각해 보라고. 감사할 일은 여러가지가 많아. 살아 있으니 감사하고, 우리 손에 성경책이 있으니 감사하고, 성경책을 볼 수 있는 눈이 있으니 감사한 일이잖아. 그리고 많은 사람들이 가득 모여 있는 곳에서 성경을 가르치고 전할 수 있으니 이렇게 전도하기 좋은 때가 어디 있어?"

그제야 언니는 고개를 끄덕였다.

"네 말이 맞다."

둘은 함께 하나님께 감사의 기도를 드렸다.

그러나 불편함은 또 있었다. 바로 벼룩이었다. 방안에 벼룩이 얼마나 많은지, 스멀스멀, 따끔따끔, 배겨내지를 못했다.

동생이 말했다.

"언니, 힘들어도 이 벼룩에 대해서도 감사히 생각하자."

"그거는 너무하다. 어떻게 벼룩을 두고 감사하니?"

"그렇지 않아. 감사하는 데 은혜가 있어. 그러니 감사하자구."

시간이 지나 두 사람은 재심사를 거쳐서 자유의 몸이 되었다. 그런데 자유의 몸이 되고나서 야 그동안 몰랐던 사실을 알게 되었다. 즉 그들이 재소자였을 때 수용소 감방마다 경비병들이 들 어와서 지키고 있다가 한 마디라

도 불평을 하면 매질을 하거나 힘든 노동을 시켰었다. 그런데 이상하게도 그녀들이 있던 감방에만은 그들이 들어 오지 않았다. 바로 벼룩때문이었다. 벼룩이 너무 많아 거기 한번만 갔다와도 며칠동안 고생을 해야 했기 때문에 그녀들의 방에는 오지 않았던 것이다. 그 덕택으로 마음대로 말하고, 설교하고, 기독교 복음을 전할 수 있었던 것이다.

심리학자 M. 스캇 팩의 《아직도 가야할 길 The Road Less Traveled》라는 책을 〈뉴욕 타임즈〉에서 베스트 셀러로 소개한 적이 있다. 그 책에는 이런 유명한 말이 있다.

"인생은 선택의 연속이다."

그리고 감동시키는 말 한마디를 덧붙였다.

"감사도 결국은 선택이다."

그렇다. 감사는 어떤 환경의 결과를 거져 우러나는 것이 아니다. 감사하느냐, 원망하느냐는 환경에 관계없이 내가 선택하는 것이다. 여기서 감사 쪽을 선택하면 운명이 바뀐다.

혼다 켄 이라는 일본의 백만장자는 그의 저서《부와 행복의 법칙》에서 이렇게 말했다.

"모든 사람은 감정적으로 연결되어 있다. 돈도 이 세상의 모든 사람들과 연결되어 있다. 감사하는 마음으로 행복하게 돈을 벌고 사용하면 다른 사람을 축복하는 결과를 낳는다. 그러니까 감사하는 마음이 부를 부르는 것이다."

불행을 축복의 다른 모습으로 보는 지혜를 가진 자가 언제나 감사할 수 있고, 역경을 기회로 삼고 긍정적으로 받아 들이는 사람이 감사할 수 있다.

아브라함 링컨은 말했다.

'감사할 줄 아는 사람마다 발전이 있다.'

그러한 사람만이 창의력이 있다는 것이다.

이스라엘의 지혜를 모은 책《탈무드》는 말했다.

'최고의 부자, 최고의 복 받은 사람은 모든 일에서 감사하는 사람이다.'

감사하는 사람이 새로운 세계를 열 수 있다.

# 어느 장기수의 눈물

모든 것을 포기할 수 밖에 없는 장기수가 있었다. 그는 어느 날, 형무소 담장 밖에서 아이들이 날리는 연을 보면서 생각에 잠겼다.

'나도 저 연처럼 훨훨 날을 수 있으면 얼마나 좋을까? 그리고 저 연은 누가 날리는 것일까?

궁금했던 장기수는 교도관에게 연을 날리는 사람이 누군지 알아달라고 부탁했다. 그런데 뜻밖의 소식을 듣게 되었다. 연을 날리는 주인공이 바로 자기 아들이라는 것이었다. 그 말을 듣는 순간 장기수는 정신이 번쩍 들었다.

인생을 포기하고 있던 그

에게 새로운 희망이 생긴 것이다.

그때부터 그는 모범적인 수형생활을 하기 시작했다.

며칠 후, 교도소에서 체육대회가 열렸다. 그중에는 부모님과 함께 경기에 참여하며 위안의 시간을 갖는 프로그램도 있었다. 바로 재소자인 아들이 부모님을 업고 달리는 경기였다. 그 장기수도 어머니를 업고 운동장을 돌기 시작했다. 그런데 그는 열심히 뛰는 것이 아니라 아예 천천히 걷고 있었다. 힘이 부쳐서가 아니었다.

어머니의 체온을 조금이라도 더 오래 느끼고 싶었기 때문이었다. 그는 그렇게 걸으면서 울고 있었다. 그러자 등에 업힌 어머니도 울면서 아들의 눈물을 닦아주었다. 그 광경을 본 관중들도 함께 울기 시작했다.

부모와 자식 간의 인연, 그 깊고도 깊은 연결고리는 근심과 걱정을 여과시켜주고, 기쁨과 행복을 나누어 갖게 해준다.

사람에게는 희망이 있어야 한다. 희망은 지쳐 쓰러지는 사람을 다시 일으켜 앞으로 나아가게 한다.

그 장기수 앞에 나타난 연과 등에 업힌 어머니는 그가 희망을 갖고 살아야 하는 이유가 되어 주었다.

어떤 사람에게도, 어떤 상황에서도, 일을 하고자 하는 의지만 가지고 있다면 희망은 있다. 희망이 없다고 포기하는 사람은 노력하지 않는 게으른 사람이고, 바보다.

그리고 또 하나, 희망은 저절로 굴러 들어오는 것이 아니다. 밤잠을 반납하며 생각하고, 땀흘려 일하는 사람에게만 찾아오는 까다로운 것이기도 하다.

누군가 말했다.

"지금 눈이 감기는가? 그러면 미래를 향한 눈도 감기게 될 것이다."

이 지구상에서 최고로 행복한 사람은 인격을 지닌 사람이다.
— 괴테

# 조국에 목숨을 바친 해엘

미국 독립전쟁 때 워싱턴1732~1799 장군에게 해엘이라는 앳된 청년이 군에 입대하게 해달라고 지원했다.

"너는 아직 어려서 전투에 참가할 수 없겠는데……."

"그래도 제가 할 수 있는 일이 꼭 있을 것입니다. 부디 각하 밑에서 싸우게 해 주십시오."

"그럼 적진 속에 들어가 정탐하는 일도 하겠느냐? 아주 위험한 일인데……."

"예, 하겠습니다. 저의 어머니는 저더러 늘 '네 목숨은 꼭 쓸 데가 있을 것이니 평소에는 소중히 보존했다가 바칠 데가 나오면 아낌없이 바쳐라!' 고 말씀하셨습니다. 그래서 나라의 독립을 찾는 이 싸움에 바치기로 결심한 것입니다."

사실 워싱턴은 적진의 사정을 알아야만 작전을 세울 수가 있었으므로 적진에 들어갈 지원병이 필요하던 차였다. 그래서 해엘 소년을 빵장수로 위장시켜 적진으로 들여보냈으나 불행하게도 체포되고 말았다.

해엘은 말할 수 없는 고문을 당했으나 자기가 워싱턴 장군의 첩보병이라는 비밀을 끝까지 지키고 사형장으로 끌려갔다.

최후의 순간, 해엘은 이렇게 탄식했다.

"아, 원통하다! 나라에 바칠 목숨이 왜 하나뿐이란 말인가!"

그리고나서 그는 총소리와 함께 쓰러졌다.

지금 그의 모교인 하버드대학 교정에는 그가 외쳤던 이 말과 함께 그의 동상이 서 있다.

# 4

## 영혼을 비춰주는 거울

열매 맺는 삶 ｜ 한국화 채색 ｜ 33.4×21.2cm ｜ 배당

# 언덕에서

배 명 식

바람에 꽃잎 날리고
흔들리는 빈 가지들이
아름답습니다

저 하늘 끝은
언제 가슴에서 떠날까요

지난날
그대가 내게 묻어둔 말들
풀벌레처럼 일어나 뛰고
어둠에 다시 쓰러집니다

지나온 길이
고달프고 쓸쓸하지만
여전히 벗은 겉옷은
먼지에 덮인 나목처럼
나를 노려보고 있습니다

나는
외딴 섬의 손님처럼
그대의 손에 빚은 세계에
놀람으로
가지되어 흔들리고 있습니다.

# 이방 다스리기

꽤나 현명한 사람이 처음으로 사또가 되어 한 고을을 다스리게 되었다. 그는 부임하기에 앞서 그 고을의 사정을 살피기 위해 몰래 사람을 보냈다.

며칠 후 그 사람이 돌아와서 말했다.

"사또님, 참 힘드시겠습니다. 그 고을에는 마음씨 나쁜 아전들이 백성들을 못살게 굴고 있었습니다."

사또는 그런 아전들을 바로 잡을 방안을 곰곰이 생각했다.

"옳지! 그렇게 하면 되겠군."

사또는 무릎을 치고 당장 그 고을로 향했다.

부임 첫날, 이방이 물었다.

"사또님, 이번에 거둔 세금은 어디에 쓸깝쇼?"

"세금? 글쎄, 난 그런 것은 잘 모르네."

그는 일부러 바보처럼 고개를 갸웃거렸다. 그러자 이방은 싱글벙글하며 밖으로 나와서 다른 아전들에게 말했다.

"여보게들, 새 사또는 바보가 틀림없어. 세금이 무엇인지도 모른다잖아."

"그거 잘 됐군. 그럼 이제부터는 우리 세상이네. 하하하."

아전들은 신바람이 나서 더욱더 나쁜 짓을 일삼았고, 백성들의 원망과 탄식은 높아만 갔다.

그러던 어느 그믐날 밤, 대청마루에 앉아 있던 사또가 갑자기 이방에게 물었다.

"이방! 이 고을은 왜 이렇게 캄캄한가?"

"예, 오늘이 그믐날이잖습니까."

그러자 사또가 펄쩍 화를 냈다.

"뭐? 그믐날이어서 달이 없다고? 잔말 말고 당장 전에 이 고을에 떴던 달을 찾아오도록 하게!"

이방은 사또의 터무니없는 소리에 웃음이 터져 나왔지만 갑자기 눈물을 흘리며 슬픈 목소리로 말했다.

"사또나리, 실은 나리께서 오시기 얼마 전에 그 달을 이웃 마을에다 팔아 우리 고을의 빚을 갚았습니다."

"뭣이? 달을 팔았다고? 허참, 이를 어쩌나!"

사또는 심히 안타까워하는 척하다가 귓속말로 속삭였다.

"어이, 이방! 그 달을 다시 사 올 수는 없는가?"

"아 예, 그럴 수 있습죠. 그런데 워낙 비싸서요."

"도대체 얼마나 하길래?"

"한 삼천 냥은 있어야 할 걸요."

"알았네. 내가 그 돈을 줄 테니 어서 가서 사 오게."

그런 후 며칠이 지나자 하늘에 반달이 떠올랐다. 이를 보자 사또가 이방에게 호통을 쳤다.

"이보게 이방! 어찌 달을 반쪽만 사 왔는가?"

그러자 이방이 우물쭈물 둘러댔다.

"저어 사또님, 그 사이에 달값이 두 배로 껑충 뛰었습니다."

"그래? 물가가 너무 뛰어 큰일이군. 그럼 돈을 더 줄 테니 나머지 반쪽도 마저 사 오게."

이방은 입이 함지박만하게 벌어졌다.

얼마 후, 보름이 되자 하늘에는 쟁반같이 둥근달이 떠올랐다. 이방은 사또에게 달려가 한껏 으스대며

말했다.

"사또나리! 저것 좀 보십시오. 제가 큰 달을 사서 하늘에 띄워 놓았습니다."

"그래 그래, 정말 수고가 많았네."

그 후 다시 며칠이 지나자 하늘에는 또 반달이 떠 있었다. 사또는 이방을 불러 화를 내며 말했다.

"이방, 누가 또 달 반쪽을 훔쳐간 모양이야. 내일까지 반드시 나머지 반쪽을 찾아오도록 하게!"

순간 이방은 얼굴이 새파랗게 질렸다. 아무리 생각해도 모면할 방법이 생각나지 않았다.

이튿날 아침, 사또는 일어나자마자 이방을 불렀다.

"이방, 달 반쪽을 찾아왔는가?"

"예, 저, 하루만 더 시간을 주십시오."

그러자 사또의 입에서 불호령이 떨어졌다.

"네 이놈! 어디서 거짓말을 하려 하느냐? 그동안 두고 보자 보자 하니까 나를 진짜 바보로 아는가 보구나. 여봐라, 이 놈을 당장 감옥에 처 넣어라!"

이 소식을 들은 백성들은 환호성을 질렀다.

# 실수

세상에서 가장 빠른 말을 타보는 것이 소원인 부자가 있었다.  그는 오랜 수소문 끝에 마침내 마음에 드는 말을 찾을 수 있었다.

말 장수가 그에게 말했다.

"이 말은 세상에서 가장 빠른 말입니다. 그런데 몇 가지 주의할 것이 있습니다."

"그게 무엇입니까?"

"항상 두 가지 단어를 기억하셔야 합니다. 이 말은 '하나님' 하면 달리고, '얼음 땡' 하면 멈추거든요."

"그 정도야 걱정없습니다."

부자는 좋아라 하고 말 위에 올랐다. 그리고 '하나님' 하고 자신만만하게 소리쳤다. 그러자 말이 총알처럼 빠르게 달리다가 낭떠러지 앞에까지 왔다.

부자는 깜짝 놀라 황급히 '얼음 땡' 하고 말했다. 그러자 말이 아슬아슬하게 멈추었다. 등골이 오싹해진 부자는 자기도 모르게 중얼거렸다.

"오, 하나님!"

그러자 말이 다시 사정없이 내달렸다.

# 모든 것은 다 쓸모가 있어

기린이 일자리를 구하느라 하루 종일 이 집 저 집을 찾아다녔다.

"무슨 일이든 좋으니 일거리를 좀 주십시오."

기린은 가는 곳마다 간절히 사정했으나 모두들 고개를 설레설레 흔들었다.

"미안합니다. 당신은 키가 너무 커서 우리 집에선 일하기가 힘들겠군요. 다른 데로 가보세요."

기린이 취직을 하는 데에는 긴 목이 문제였다.

기린은 다시 터덜터덜 걸어 어느 한 집에 이르렀다. 그곳에는 다람쥐가 사다리에 올라앉아 페인트칠을 하고 있었다.

상냥한 다람쥐는 기린을 보자 땀을 닦으며 말했다.

"사다리가 낮아서 페인트칠을 마음대로 할 수가 없네요. 아

저씨처럼 키가 큰 분이 도
와주면 좋을 텐데요."

"그래? 그럼 나하고 같
이 일하자꾸나."

다람쥐는 기뻐하며 기린

의 머리 위로 올라갔다. 그러자 기린은 페인트 통을 입에 물고
다람쥐가 일하기 편하게 해 주었다. 주인인 앵무새가 나와 보
고는 흐뭇해하며 기린과 다람쥐에게 후하게 품삯을 주었다.

"기린 아저씨, 우리 날마다 함께 일하는 게 어때요?"

"좋아. 그렇게 하자."

그래서 다음날부터 기린과 다람쥐는 힘을 합해 열심히 일
했다. 기린이 신이 나서 말했다.

"목이 길다고 공연히 걱정했군. 내 긴 목도 이렇게 쓸모가
있는 것을……."

그러자 다람쥐가 대답했다.

"그럼요. 세상의 어떤 것이든 다 쓸모가 있는 거예요."

# 구두쇠의 수난

한 구두쇠가 어찌나 물건을 아끼는지 구두 한 켤레를 사면 몇 십 년을 신었다. 밑창이 닳으면 새로 갈고, 찢어지면 실로 꿰매어 신었다. 그러다 보니 구두가 걸레처럼 너덜너덜해져서 보는 사람마다 이맛살을 찌푸렸다.

보다 못한 그의 친구가 충고를 했다.

"여보게, 자네는 이제 남부럽지 않은 부자가 되지 않았나. 그러니 제발 그 헌 구두 좀 버리게. 남들이 자네를 보고 뭐라고 하는 줄 아나?"

"그래도 워낙 정이 들어서."

"이 답답한 친구야! 죽으면 그 돈을 다 싸 가지고 갈 텐가?"

구두쇠는 친구의 말대로 그 헌 구두를 버려야겠다고 생각하고 목욕탕으로 가서 목욕을 한 다음, 남의 새 구두와 슬쩍

바꿔 신고 나왔다.

　그러자 목욕탕 주인이 구두쇠의 헌 구두를 알아보고는 곧장 소포로 부쳐 주었다. 구두쇠는 그 구두를 바닷물에 던져 버렸다. 그런데 이번에는 어부들의 그물에 걸렸고, 어부들은 그 구두의 주인을 아는지라 잔뜩 화가 났다. 그래서 구두쇠의 창문을 향해 냅다 던졌다. 그렇게 날아온 구두는 응접실에 놓여 있던 값비싼 골동품을 와장창 깨버리고 말았다.

　구두쇠는 이번에는 그 구두를 멀리 떨어진 읍내의 저수지에다 던져 놓고 돌아왔다.

　그러자 집집마다 수돗물이 나오지 않아 큰 소동이 벌어졌다. 기술자가 허겁지겁 달려가 살펴보니 구두쇠의 헌 구두가 취수관의 입구를 막고 있었다. 사람들은 먹는 물에다 더러운 구두를 버린 구두쇠에게 많은 벌금을 물렸다.

화가 치민 구두쇠는 이번에는 불에 태우기로 마음먹고, 우선 젖은 물기를 말리기 위해 햇빛이 잘 드는 이층 창가에 올려놓았다.

그런데 고양이가 창틀 위로 올라가 요리조리 물어뜯다가 그만 창밖으로 떨어뜨리고말았다. 순간 창 밑에서 여자의 비명소리가 들려 왔다. 구두쇠가 깜짝 놀라 달려가 보니 지나가던 여자가 구두에 이마를 맞아 피를 흘리고 있었다.

머리끝까지 화가 난 여자는 구두쇠를 고소했다. 결국 구두쇠는 또다시 벌금을 물 수밖에 없었다. 지나치게 구두쇠 노릇을 한 결과였다.

부지런한 사람의 손은 모든 것을 주물러
황금으로 변하게 하는 재주를 가지고 있다. — 롱피드

# 상처투성이 독수리

날기 시험에서 떨어진 독수리와 고참 독수리로부터 할큄을 당한 독수리, 싸움에서 진 독수리 등 갖가지로 상처를 입은 젊은 독수리들이 벼랑에 모여 신세타령을 했다. 그들은 사는 것이 죽느니만 못하다고 결론을 내리고 다함께 죽기로 했다.

그들이 바다를 향해 뛰어내리려 할 때, 망루에서 파수를 보던 대장 독수리가 쏜살같이 내려와 물었다.

"무엇 때문에 목숨을 버리려 하느냐?"

젊은 독수리들은 저마다 죽음을 선택해야 했던 사연을 설명했다. 자초지종을 들은 대장 독수리는 커다란 날개를 쫙 폈다. 여기저기 찢어진 상처 자국이 선명하게 드러나 보였다.

"나를 봐라. 여긴 날기 시험 때 솔가지에 찢긴 것이고, 여긴 나보디 더 고참 독수리가 할퀸 자국이야. 하지만 이걸 걸

으로 보이는 상처에 불과하지. 마음의 상처는 헤아릴 수 없이 많단다.”

젊은 독수리들은 그 모습을 보고 모두 깜짝 놀랐다. 대장 독수리가 다시 조용히 말했다.

“자, 일어나 날자꾸나. 우리 새들 중에 상처 없는 새가 어디에 있겠니. 용기를 내어 새로 시작하는 거야.”

용기를 얻은 젊은 독수리들은 대장 독수리를 따라서 일제히 날기 시작했다.

힘은 희망을 가지는 사람에게 있고
용기는 속에 있는 의지에서 우러나오는 것이다. — 펄벅

# 스승이자 희망의 등대, 부모

**마음씨** 착한 한 청년을 사랑하는 처녀가 있었다.

좋은 곳으로 빨리 시집을 보내려 애쓰던 처녀의 부모는 사귀는 남자가 있다는 처녀의 말에 그를 집으로 초대했다.

처녀의 집은 재산이 많은 부자였다. 그래서 궁궐 같은 집에서 비싸고 고급스런 음식을 한 상 가득 준비했다. 그리고 처녀의 어머니는 보석으로 온몸을 치장했다. 청년이 도착하자 처녀의 어머니가 물었다.

"부모님은 다 계신가?"

"예! 두 분 다 계십니다."

"그래, 무슨 일을 하시는가?"

"아버지는 스승이시고 어머니는 아이들에게 기쁨을 주는 분이십니다."

“두 분이 다 교육자라니 뼈대 있는 가문이로군. 그럼 집안 형편은 어떠한가?”

“네! 저의 집에는 세상에서 가장 귀한 두 개의 보물이 있습니다.”

“그래? 한 개도 아니고 두 개씩이나? 집안이 아주 부유한 모양이군.”

청년의 말에 만족한 처녀의 부모는 두 사람의 결혼을 허락했다.

상견례 날. 청년이 허름한 옷을 입은 할머니의 손을 잡고 나타나자 처녀의 어머니는 눈을 동그랗게 뜨며 물었다.

“자네 부모님은 어디 가시고 허드렛일 하는 노인을 데려왔나?”

“아니, 이분이 제 어머니십니다.”

“뭐, 뭐라구? 사람을 놀려도 유분수지. 자네 같은 사기꾼에게는 절대 내 딸을 줄 수 없네."

청년이 진지한 얼굴로 말했다.

"진정하시고 잠깐만 제 말을 들어 보십시오. 아버지는 제가 어릴 때 돌아가셨습니다만 항상 제 가슴속에 살아 계시면서 제가 나쁜 길로 가지 않게 지켜 주셨으니 저의 스승이십니다. 그리고 어머니는 아주 맛있는 풀빵을 만들어 파시며 아이들에게는 기쁨을, 그리고 제게는 살아갈 희망을 주고 계십니다. 아버지와 어머니라는 크고 귀한 두 보물이 있기 때문에 저는 비록 가난하지만 바르고 성실하게 살아가려고 애쓰고 있습니다."

그러자 묵묵히 청년의 말을 듣고 있던 처녀의 아버지가 고개를 끄덕이며 만족한 웃음을 지었다.

근면은 덕과 의로운 일을 부지런히 한다는 말이다.
또 겸손이란 재물과 이익을 탐내지 않는 것을 말한다. - 채근담

# 신념의 힘

로마의 장군 카이사르는 군인으로
서 용맹스러울 뿐 아니라 지혜로웠기 때
문에 왕 다음으로 높은 원로원의 수석위원을 지냈다.

그가 젊었을 때, 작은 배를 타고 좁은 해협을 건너는데 배
가 중간쯤 왔을 때 폭풍우가 휘몰아치기 시작했다.

카이사르는 지금까지 수없이 바다를 항해했지만 그렇게 사
나운 폭풍우는 처음이었다. 경험 많은 선장조차 두려움에 벌
벌 떨며 안간힘을 썼지만 배가 제멋대로 움직여 거의 포기 상
태에 이르렀다.

마침내 선장이 무릎을 꿇더니 탄식했다.

"이제 모든 게 끝장이다. 끝장이야."

그러나 카이사르는 조금도 당황하지 않았다. 그는 두 눈을

부릅뜨고 선장에게 다가가 다시 노를 잡으라고 명령했다.

"선장! 조금도 겁먹지 마시오! 이 배는 결코 침몰하지 않을 것이오. 왜냐하면 나 카이사르가 타고 있기 때문이오."

카이사르의 용기에 힘입어 배는 험한 폭풍우를 헤치고 마침내 목적지에 도착할 수 있었다.

카이사르는 영어로는 〈시저〉이다. 그는 폼페이우스, 크라수스와 더불어 〈삼두정치〉를 하면서 공화정의 전통을 무시했다. 그리고 가리아(지금의 북 이탈리아로부터 프랑스에 걸친 지방)를 정복하여 명성을 떨쳤다. 이것을 시기한 폼페이우스는 원로원과 손을 잡고 카이사르를 제거하려고 하였다.

이 사실을 알게된 카이사르는 선수를 쳐서 폼페이우스 파의 세력을 쓰러뜨렸다. 그 후 동방에서 많은 지역을 정복하고 로마로 돌아온 그는 독재자가 되어 위기에 처한 국가 체제를 개혁하려고 하였다. 그러나 공화정을 지키려는 사람들은 카이사르가 황제가 될 욕심을 품고 있는게 아닌가 의심하여 그를 암살해버렸다. 기원전 44년의 일이다.

16세기에 세익스피어는 그의 희곡〈줄리어스 시저〉에서 카이사르가 부르투스에게 칼로찔린 후, "부루투스, 너 마저도"라고 했다고 썼다. 이 말은 그때부터 신뢰하던 심복으로부터 배신당했을때 입에 오르내리기 시작했다.

# 자만심의 결과

돈 많은 부자가 친구들과 세상 이야기를 나누고 있었다.

"어제 우리 집에 도둑이 들어 좋은 물건을 몽땅 훔쳐가버렸지 뭐야."

한 사람이 말하자 다른 친구가 말했다.

"나도 지난번에 많은 걸 도둑맞았다네."

그 말에 부자가 싱긋이 웃으면서 말했다.

"자네들 집에는 어째서 그렇게 도적들이 잘 들지? 나는 아직 한번도 도적맞은 적이 없는데……. 아무리 도적의 명수라도 내 집에서는 아무 것도 훔쳐가지 못할 거야."

그때 그 옆에 진짜 도적의 명수가 앉아 있었다. 도적은 그 말을 듣고 한번 혼내주어야겠다고 생각하고 부자가 이야기에 열중하고 있는 동안 그의 담뱃대를 훔쳤다. 그리고는 곧바로 부자의 집으로 가서 그의 부인에게 말했다.

"주인님께서 지금 시장에서 기름과 벌꿀을 사시겠다고 구리항아리 두 개를 가지고 오라고 하시면서 심부름을 보냈다는 증거로 이 담뱃대를 주셨습니다."

부인이 보니 틀림없이 남편의 것이어서 그를 믿고 항아리 두 개를 주었다. 도적은 그 항아리를 가지고 시장에 가서 하나에는 기름을, 또 하나에는 벌꿀을 가득 담아 다시 부인에게 가져다주었다. 그리고는 얼마 후 다시 부자의 집으로 가서 말했다.

"또 심부름을 왔습니다. 주인께서 이번에는 금방에서 선물을 사시겠다고 금화 천 개를 가지고 오라고 했습니다."

부인은 조금 전에 심부름을 했던 그 사람인지라 의심없이 금화 천 개를 내주었다.

한편, 부자는 그때까지도 이야기에 열중하고 있었다. 그러다가 담배를 피우려고 담뱃대를 찾았으나 보이지 않았다. 잊어버리고 왔는가 싶어 집으로 돌아가보니 부인이 놀라며 말했다.

"무슨 말씀을 하세요? 아까 담뱃대를 증거로 심부름꾼을 보내지 않았어요?"

부자는 깜짝 놀랐다.

“어? 그런 적 없는데? 그래 어떻게 했소?”

“이상한 일이네. 당신의 심부름이라면서 어떤 남자가 당신의 담뱃대를 증거로 보이고는 구리 항아리 두 개를 달라기에 주어 보냈지요. 그랬더니 곧 기름과 벌꿀을 가득 담아 가져와서는 또 금화 천 개를 달라고 해서 주었구요.”

“그게 바로 도적놈이야!”

부자는 곧바로 도적을 잡으러 뛰어나갔다.

그 사이 도적이 창가에 와서 소리쳤다.

“부인, 부인, 빨리 주인님의 황금 칼을 주십시오. 주인님께서 지금 도적을 잡아 목을 베어 버리시겠답니다.”

부인은 크게 기뻐하며 얼른 주인의 칼을 내어 주었다.

한참 후, 부자가 지칠 대로 지쳐 돌아오자 부인이 물었다.

“그래도 도적을 잡았으니 다행이네요. 돈은 찾았어요?”

“도적을 잡다니, 누가 그런 말을 하던가?”

“아니, 조금 전 당신이 사람을 보내지 않았어요? 당신의 황금 칼을 보내라고……”

“아차, 또 당했구나.”

# 루스벨트 대통령의 코코아 한 잔

**세계** 제2차 대전 때, 군대 소집명령을 받은 미국의 청년들은 갑작스럽게 일어난 전쟁이라 제대로 군사교육도 받지 못한 채 바로 전쟁터로 보내졌다.

시간이 흘렀으나 전쟁은 끝날 기미가 보이지 않았고, 외려 더 많은 청년들을 모집해야 했다. 그래서 대도시뿐만 아니라 작은 도시의 청년들까지 조국의 명예를 찾기 위해 가족들의 곁을 떠나야 했다. 이들은 각 지역별로 모인 다음 대도시에 집결하여 다시 기차를 타고 훈련소로 떠났다.

정부에서는 국민들이 불안을 느끼지 않도록 하기 위해 그들을 태운 기차는 늦은 밤에 출발하도록 조치했다. 그래서 매일 밤 워싱턴 시의 기차역 광장에는 전쟁터로 떠나는 청년들

뿐 아니라 환송 나온 가족들, 그리고 격려하기 위해 나온 시민들로 북적댔다.

그런데 그 사람들 사이에서 다리를 조금씩 절며 따뜻한 김이 피어오르는 코코아잔을 쟁반에 받쳐 들고 오가는 노인이 있었다. 그는 손수 코코아를 타서 청년들에게 나누어 주었다. 그가 타주는 뜨거운 코코아 한 잔은 추운 겨울날 청년들의 추위와 두려움을 덜어 주기에 충분했다.

그런데 그 노인의 얼굴이 낯익었다.

"저, 어디서 뵌 듯한데……."

노인에게 말하자 그는 말없이 빙긋이 웃었다. 바로 당시 대통령이었던 F. 루스벨트였다.

소아마비를 앓아 다리를 절룩거리던 루스벨트는 그렇게 매일 밤마다 역에 나와 코코아를 타 청년들에게 주었던 것이다.

루스벨트 대통령이 직접 끓인 그 코코아는 청년들의 마음을 새롭게 가다듬어주어 사기가 하늘을 찌를 듯했다.

# 원자폭탄을 막을 무기

원자폭탄은 한꺼번에 수많은 사람들의 목숨을 앗아가
는 엄청난 파괴력을 가진 무기다. 이것이 처음 만들어져 세상
에 알려졌을 때 사람들은 모두 두려움에 떨었다. 그 후 각 나
라에서는 경쟁적으로 더 강한 무기를 만들기 위해 혈안이 되
었다.

미국에서 극비리에 비밀회
의가 열렸다. 원자폭탄을 최
초로 만든 오펜하이머 박사
도 참석한 이 회의에서는 더
욱 강한 폭탄을 개발하기 위
해서 토의했다.

사람들이 오펜하이머 박사

에게 물었다.

"원자 폭탄보다 강한 무기는 없습니까? 또 만약 적들이 원자 폭탄으로 공격해 올 경우 그것을 막아낼 방어 무기는 있습니까?"

오펜하이머 박사는 미소를 띠며 대답했다.

"원자폭탄보다 강한 무기는 없습니다. 그러나 원자폭탄을 막아낼 무기는 있습니다."

그 대답에 사람들이 깜짝 놀라며 물었다.

"정말입니까? 그게 뭡니까?"

박사는 빙그레 웃으며 말했다.

"그것은 '평화' 라는 무기입니다."

만약 선량한 사람들이 좀더 영리해지고 영리한 사람들이
좀더 선량해진다면 이 세상은 훨씬 좋아질 것이다. − 워즈워드

# 신념은 승리의 어머니

장군이 병사들을 이끌고 전쟁터로 나가게 되었다. 그러나 적군에 비해 병사의 수가 워낙 적은 데다 장비마저 뒤떨어져 병사들의 사기는 형편없이 떨어져 있었다. 장군은 우선 병사들의 사기를 높여야겠다고 생각했다.

전쟁터로 떠나는 날 아침, 기도를 마친 장군은 병사들에게 말했다.

"내가 지금 이 동전을 세 번 던지겠다. 동전의 앞면이 나오면 우리가 이길 것이고, 뒷면이 나오면 질 것이다. 신의 뜻이 어디에 있는가를 잘 보라."

장군은 동전을 던졌다. 바닥에 떨어진 동전은 놀랍게도 세 번 모두 앞면만을 보였다.

"보라! 이것은 신이 우리를 틀림없이 도울 거라는 증거다.

그러니 결코 겁먹지 말고 용감히 싸워라!"

병사들은 사기가 올랐고, 그 기세를 몰아 전쟁터로 나간 장군의 부대는 승리를 거두었다.

전쟁이 끝난 뒤 부관이 장군에게 물었다.

"장군님, 역시 신의 뜻은 거역할 수 없는가 봅니다."

그러자 장군이 웃으면서 그날 던졌던 동전을 부관에게 보여주었다. 그것은 앞뒤 양쪽이 모두 앞면뿐인 동전이었다.

그 전쟁을 승리로 이끈 것은 승리할 수 있다는 신념이었던 것이다.

# 의지의 힘

미국 캘리포니아의 사막 지대에는 두 종류의 새가 있다.

하나는 독수리처럼 생겼는데 그 새는 죽은 짐승의 썩은 고기를 먹고 살고, 또 다른 새는 황금새인데 그 새는 사막에 핀 꽃 속의 꿀을 먹고 사는 새였다.

같은 날개를 가지고 사는 새이지만 먹는 것은 각각 달랐다.

우리 인생도 마찬가지다. 어떤 사람은 어두운 면, 즉 불안과 고통만 생각하며 태양을 등지고 살고, 어떤 사람은 긍정적인 생각으로 태양을 향해 빛 가운데서 산다.

1960년의 로마올림픽에서 이디오피아 근위대의 현역 중위인 아베베는 맨발로 올림픽의 꽃인 마라톤에서 금메달을 땄다. 그로부터 4년 후인 1964년 동경올림픽에서는 운동화를 신고 뛰었는데 또 1등을 했다.

그 후 아베베는 교통 사고로 휠체어를 타고 다녀야 하는 불구자가 되었다. 그래서 사람들은 이제는 더 이상 올림픽에서 그 모습을 볼 수 없을 것으로 알았다.

그런데 그로부터 4년 후, 런던 장애인올림픽에서 그는 휠체어를 타고 또다시 출전했다.

꿀벌은 한 스푼의 꿀을 얻기 위해 이꽃 저꽃 4200번이나 드나든다고 한다. 또 미켈란젤로의 최후의 만찬은 8년 동안 2천 번의 스케치를 거친 다음에야 완성되었고, 작곡가 하이든은 8백번이 넘는 수정을 거쳐 66세에 천지창조를 완성했다.

아베베도 그런 의지의 힘으로 불우한 환경을 극복했다. 안타깝게도 1973년, 아직 젊은 나이에 뇌출혈로 갑자기 죽긴 했지만……

# 황금씨를 뿌릴 사람

타자크 브라하에서 한 도적이 붙잡혔다. 그러나 그는 도적이 아니라 아예 죄라고는 지어 본 일이 없는 아주 정직한 사람이었다. 그런데 경찰들이 도적을 잡지 못하면 자기들이 징계를 받아야 하는 규정 때문에 그에게 누명을 씌워 왕 앞으로 끌고 갔다. 왕이 명령했다.

"그 도적놈을 즉시 교수형에 처하라."

곧 사형 준비가 끝나 형을 집행하려고 했다. 그러자 그가 매우 안타까워하며 말했다.

"아! 아깝다. 끝내 그 비밀을 아무에게도 가르쳐 주지 못하고 죽게 되는구나."

그 말을 들은 집행관이 물었다.

"비밀? 무슨 비밀?"

"네! 황금씨를 뿌려 황금이 열리게 하는 방법입니다."

깜짝 놀란 집행관은 황급히 사형을 중지시키고 왕에게 보고했다.

"폐하, 저 도적이 황금씨를 뿌려 그것을 수확하는 방법을 알고 있답니다."

"정말이냐? 그럴 수만 있다면 그건 대단한 일이다. 그 놈을 다시 데려오너라."

그래서 도적으로 누명을 쓴 사람이 왕 앞에 다시 끌려왔다.

"네가 정말로 황금씨를 뿌려 황금열매를 맺게 할 수 있단 말이냐? 만약 그렇게 할 수 있다면 너의 목숨을 살려 주겠다."

남자는 그렇게 하겠다고 하고는 곧 밭을 갈기 시작했다. 그리고 밭에 뿌릴 황금씨도 운반해 왔다.

왕도 대신들을 데리고 구경하러 왔다. 그 남자가 왕에게 말했다.

"폐하! 이제 준비가 다 됐습니다. 그런데 황금을 뿌릴 사람을 한 사람 정해 주셔야 합니다. 그 사람은 여태까지 단 한 번도 남의 것을 훔쳐 본 적이 없는 정직한 사람이라야 합니다.

그렇지 않으면 황금이 열리지 않습니다. 저는 한 번도 죄를 지은 일이 없습니다마는 지금 사형선고를 받고 있는 몸이므로 직접 뿌릴 수가 없습니다.”

“그럼, 나의 충성스런 대신에게 뿌리게 하지.”

왕이 말하자 대신이 말했다.

“아닙니다, 아닙니다. 저는 사양하겠습니다. 저보다는 재판장이 공정하므로 그가 적당할 것으로 생각됩니다.”

그러자 재판장도 사양하며 말했다.

“아닙니다, 저도 그 일은 제 본연의 일이 아니므로 사양하겠습니다.”

왕이 시장 쪽을 돌아보자 그는 왕이 무슨 말도 하기 전에 얼굴을 붉히며 더듬거렸다.

“저, 저도 적임자가 아, 아닙니다.”

왕은 짜증이 나기 시작했다.

“그럼, 사제司祭라면 적임자겠지. 사제를 불러라.”

그러나 사제도 머리를 숙이며 말했다.

“저도 죄 많은 인간입니다.”

왕은 실망하여 신하들의 얼굴을 하나하나 바라보았다. 그때 한 신하가 말했다.

“폐하! 폐하께서 직접 뿌리시는 것이 좋을 것 같습니다.”

왕은 입장이 난처했다.

"아니다. 왕이 어떻게 이런 일을 직접 한단 말이야? 그래도 그대들 중에 죄를 짓지 않은 사람이 한두 사람은 있을 것이 아니냐?"

그러나 신하들은 서로의 얼굴을 마주 볼 뿐 아무도 나서지 않았다. 이때 사형 선고를 받은 남자가 말했다.

"폐하, 도대체 어찌된 일입니까? 폐하의 신하 가운데 부끄럽지 않은 사람이 한 사람도 없다니……. 저는 여태까지 죄를 지은 일이 단 한 번도 없습니다. 그런데도 그러한 저를 거짓으로 가득 찬 사람들로 하여금 교수형에 처하게 하다니, 이런 어처구니없는 일이 어디 있습니까?"

할말이 없어진 왕은 남자의 교수형을 면해주었다.

# 마음의 준비

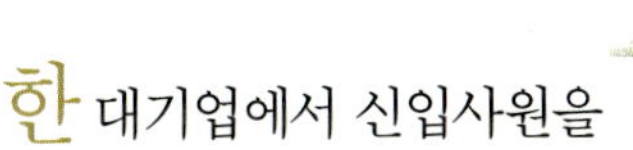

한 대기업에서 신입사원을 뽑을 때의 일이었다. 일차 필기시험을 끝내고 이차 면접시험을 치를 때, 문 앞에다 일부러 종이 한 장을 구겨서 던져 놓고는 한 명씩 불러들여 면접을 했다.

거의 대부분의 응시자들은 구겨진 종이를 의식하지 못한 채 지나쳤으나 그중에는 종이를 주워 쓰레기통을 찾는 사람도 있고, 주워야 할지 어쩔지 망설이는 사람도 있었다.

면접시험이 끝나고 결과발표를 보니 종이를 주운 사람은 모두 합격이 되고, 모자라는 수효는 머뭇거린 사람들 가운데서 성적순으로 선발되어 있었다.

이때 뽑힌 사원들은 그 어느 때 들어온 사람들보다 부지런하고 성실했다고 한다.

# 행운을 가져다 준 친절

봄비가 내리는 미국의 유명한 공업 도시 피츠버그.

가구점이 모여 있는 거리에 초라한 할머니 한 분이 여기저기를 두리번거렸다. 그러나 아무도 그녀에게 신경을 쓰지 않았다.

그때 한 가구점 주인이 할머니에게 다가갔다.

"할머니, 빗물이 찬데 저희 가게 안으로 들어오세요."

"아니, 괜찮아요. 나는 물건을 사러 온 것이 아니라 차를 기다리는 중이니……."

"물건은 안 사셔도 좋으니 그냥 들어 오셔서 비를 피하세요."

"아이고, 이런 고마울 데가……."

할머니는 가구점 안으로 들어가 소파에 앉아 차를 기다렸다.

"할머니, 차를 기다린다고 하셨죠? 차 번호를 말씀해 주시

가구점

면 제가 확인해 드릴게요.”

“아유, 그러지 않으셔도 돼요.”

“괜찮으니까 그냥 말씀해 주세요.”

마지못해 할머니가 번호를 말해주자 가구점 주인은 그를 확인하기 위해 몇 번이나 나갔다 들어왔다 했다. 이를 지켜본 주위 사람들은 그의 행동을 비웃었다.

“아니, 저 사람은 뭣하는 거야. 손님이나 맞을 것이지, 그깟 가난한 노인을 돕는다고 누가 알아주기나 하나, 원!”

그러나 그는 주위의 시선엔 아랑곳하지 않고 차가 올 때까지 할머니에게 정성을 다했다.

이윽고 차가 도착하자 주인은 할머니를 상냥하게 배웅했다.

며칠 후, 그 가게에 미국의 대재벌 강철왕 카네기1835~1919로부터 뜻밖의 편지가 왔다.

지난번에 비 오던 날 저희 어머니께 베푼 당신의 친절에 감사드립니다. 앞으로 저희 회사에서 필요한 모든 가구는 물론이고, 고향에 짓고 있는 집에 필요한 가구도 모두 당신에게 주문하겠습니다.

―카네기

그의 친절을 비웃던 사람들은 넋을 놓고 부러워했다.

양심 있는 실업가의 모델인 카네기는 평생 모은 많은 재산을 사회에 헌납하며 이렇게 말했다.

"부자인 채로 죽는 것은 부끄러운 일이다"

그는 누구보다 열심히 일했고, 이후로도 사람들의 뇌리에 확실히 각인된 거물이었다.

그는 자서전에서 이렇게 술회했다.

"나는 어떤 직업에서든 성공에 이르는 진정한 길은 그 직업에서 대가가 되는 것이라고 믿는다. 성공을 거둔 사람은 하나의 직업을 선택하여 그 일에 끝까지 매달린 사람이다."

남에게 친절하다는 것은
자기 자신의 인품을 높이는 것이 된다. - 라 로슈푸코

# 사자를 이긴 모기

모기 한 마리가 낮잠을 자려고 하는 사자에게 말했다.

"당신이 동물의 왕이라면서요?"

사자는 하품을 하면서 귀찮다는 듯이 말했다.

"그래, 그걸 여태 몰랐느냐?"

그러자 모기가 콧방귀를 뀌며 말했다.

"흥, 당신이 아무리 힘이 세도 우리는 못 당할 걸요. 의심스러우면 한번 겨뤄 봅시다."

"뭐라고? 쬐그만 것이 어디 와서 까불어!"

사자는 화가 나서 큰소리로 으르렁거리며 앞발로 모기를 후려치려 했다.

모기는 잽싸게 피하며 사자의 주위를 맴돌더니 어느새 날카로운 빨대로 사자의 코끝을 콕콕 찔렀다.

사자는 따끔거려서 견디기 힘들었다. 약이 오른 사자는 모기를 잡으려고 앞발로 후려치기도 하고, 꼬리로 때리기도 하면서 쫓아다녔으나 요리조리 날아다니는 모기를 당할 수가 없었다. 그러는 동안 자기가 자기를 때리는 꼴이 되어 코피가 터지고 얼굴이 찢어져 온통 피투성이가 되었다. 사자는 더 이상 견딜 수가 없어 마침내 모기에게 항복하고 말았다.

사자와 싸워 이긴 모기는 의기양양하게 하늘 높이 날아올랐다. 그런데 너무 좋아서 출랑대다가 그만 거미줄에 걸려버렸다. 아무리 발버둥을 쳐도 빠져 나올 수가 없었다.

모기는 한숨을 내쉬며 중얼거렸다.

"이 세상에서 제일 센 사자에게도 이긴 내가 보잘것없는 거미의 밥이 되다니, 아 슬프구나."

그것은 신중치 못한 행동이 가져다 준 결과였다.

현명한 사람은 자기 자신의 정열의 주인이 될 수 있지만,
어리석은 사람은 자기 자신의 정열의 노예가 되어 버리고 만다.
– 실래지우스

# 레이저 광선

환자에게 아픔을 주지 않고 병을 치료하는 데 쓰이는 것이 레이저 광선이다.

한때는 눈에 보이지 않는다고 해서 무서운 살인광선으로 생각했던 레이저 광선이 오늘날은 좋은 곳에 많이 쓰인다.

레이저 광선은 지구와 달 사이의 거리를 15cm 이내의 오차로 측정할 수 있게 했을 뿐 아니라 몇 초만에 금속판에 구멍을 뚫을 수도 있으며, 입체 텔레비전 화면을 송신할 수도 있다. 또 옷감을 재단하기도 하고, 떨어진 망막을 붙이거나 눈 속에 생긴 종양을 제거하는 등 매우 까다로운 수술도 쉽게 할 수 있게 해주며, 편도선도 통증 없이 떼어내준다.

레이저라는 말은 레이저 장치에서 분사된다는 것으로, '자극된 방사선 방출에 의한 광 증폭' 이라는 단어의 머리글자만

을 따서 모은 말이다.

1960년대까지 이에 관한 연구는 전쟁 무기로 이용될 수 있다고 생각했기 때문에 철저히 비밀로 되어 있었다.

그런데 다행히도 먼 거리에 강력한 레이저 광선을 발사하려면 막대한 에너지가 들기 때문에 파괴 수단으로는 사용할 수 없다는 것이 밝혀졌다.

다만 폭격기의 목표 유도라든가 포병기의 거리 측정 등에는 쓰일 수 있으나, 그 자체만으로는 치명적인 피해를 주는 무기가 될 수 없다.

레이저는 그 속에 들어온 물질의 원자를 자극하여 강력한 에너지 빔의 형태로 방사선을 방출시키는 장치이다. 그 광선은 눈에 보이는 것도 있고 보이지 않는 것도 있는데, 한 곳에 집중시켜 물체의 구멍을 뚫을 수도 있고, 아주 먼 거리까지 쉽고 빠르게 보낼 수도 있다.

이것을 제일 먼저 생각한 사람은 미국 콜럼비아 대학교의

찰스 타운즈1915~1986 교수이다.

1950년, 그는 주파수가 1초에 정확하게 2만 3,890메가 사이클인 초단파로 충격을 줌으로써 암모니아 가스의 분자를 흥분시켜 많은 에너지를 방출하는 것을 발견했다.

타운즈 교수와 그의 연구팀은 이를 이용해서 메이저라는 장치를 만들었다. 이것은 매우 민감하고 잡음이 없는 전파 증폭기로서, 전파 망원경이라든가 우주 무선 통신 등에 쓰인다.

타운즈 교수 팀은 메이저가 스펙트럼의 일부에서만 작동하는 것에 착안해서 빛의 주파수에 대해서도 연구를 계속했다.

빛은 무지개의 모든 색으로 이루어져 있다. 한쪽 끝은 청색이고 다른 한쪽 끝은 적색이다. 그 바깥쪽에는 자외선과 적외선이며, 눈으로 볼 수는 없으나 열은 느낄 수 있다.

타운즈 교수는 만일 어떤 물질의 일부 원자에 자극을 주어 빛을 내게 하면, 이 에너지를 다른 원자에게로 돌려 그 원자 역시 빛을 내게 할 수 있을 것이라는 생각을 했다. 그리하여 1958년에 이 이론을 발표했다. 그러자 여기저기서 실용적인 레이저를 만들기 위해 경쟁이 벌어졌다. 그러나 이 경쟁에서 승리한 사람은 캘리포니아 휴즈 연구 실험실에 근무하는 젊은 전자 기사 시어도어 메이먼이었다. 그때가 1960년이었고, 지금은 인명을 구하는 데까지 쓰이고 있다.

# 5

## 사랑의 환희

여명의 시간 │ 한국화 채색 │ 33.4×21.2cm │ 배명

아가雅歌

배 명 식

하늘
가득한 마음
가는 세월이 뜨고

내 속
커단 산에는
그대 향한 새가 누워
사철로
노래하고 있소.

# 박사의 오만

한 식물학자가 오염되지 않은 섬으로 식물채집을 나섰다. 섬은 육지에서 그리 멀지 않아서 조그만 배를 타고 건널 수 있었다.

"여보게 사공, 저 섬까지 좀 태워 줄 수 있겠는가?"

식물학자는 뱃사공에게 부탁했다.

"예, 타시지요."

사공은 식물학자를 배에 태우고 섬을 향해 노를 저었다. 그런데 그 식물학자는 무척 거만했다. 자기보다 지식이 적은 사람은 무조건 얕보는 것이었다. 그날도 그랬다.

"이보게, 자네는 외국어를 조금이라도 할 줄 아는가?"

"아닙니다. 우리나라 말밖에는 할 줄 모릅니다."

"한심한 사람이군. 나는 무려 9개 국어를 할 줄 아는데."

사공이 가만히 있자 식물학자가 또 물었다.

"그럼, 책은 몇 권이나 읽었는가?"

"몇 권 못 읽었습니다."

"그럼 여태 뭘하며 살았나? 정말 한심하군. 나는 수만 권의 책을 읽어 박사가 되었는데."

어느덧 배가 깊은 바다의 한가운데에 와 있었다.

그때 갑자기 하늘이 어두컴컴해지더니 폭풍이 휘몰아쳤다.

"아, 아니 이게 웬일이야."

식물학자는 잔뜩 겁에 질려 뱃전을 붙잡고 벌벌떨고 있었다. 순간 강풍에 배가 훌렁 뒤집어졌다. 두 사람은 바다에 빠져 허우적거렸다.

그런데 사공은 헤엄을 잘 쳐 해변으로 빠져나왔으나 식물학자는 수영을 할 줄 몰라 자꾸 물속으로 가라앉았다. 그러자 사공이 말했다.

"학자님은 모르는 게 하나도 없다고 하시더니 가장 중요한 생명을 구하는 방법은 모르시는군요."

# 신분에 따라 옷자락이 달라

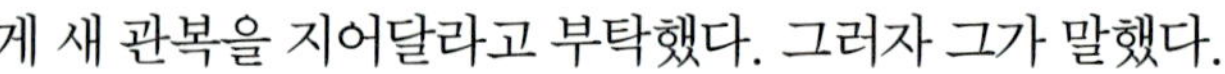

**청나라** 때 한 관리가 옷 만드는 사람에게 새 관복을 지어달라고 부탁했다. 그러자 그가 말했다.

"나리께서 어떤 관리이신지 먼저 알려주십시오. 이제 막 관리가 되셨는지, 아니면 새 자리로 승진하셨는지, 그것도 아니면 오랫동안 그 자리에 계셨는지를 알아야 합니다."

"관복을 짓는데 그게 무슨 상관이오?"

관리는 별걸 다 묻는다는 듯 퉁명스럽게 물었다.

"상관이 있고말고요. 나리께서 이제 막 관리가 되셨다면 관아에서 항상 꼿꼿이 서 계셔야 하지 않습니까? 이 경우는 앞뒤의 길이가 같은 관복으로 만들어야하지요. 그러나 새 자리로 승진하셨다면 앞은 길고 뒤는 짧아야 합니다. 머리를 높이

처들고 가슴을 불쑥 내밀고 다니기 때문이지요. 그리고 오래
한 자리에 있는 노련한 관리는 상관으로부터 자주 책망을 받
기 때문에 무릎을 꿇어야 하고, 풀이 죽어 구부정하게 다니기
때문에 관복도 앞보다 뒤가 길어야 합니다. 그래서 물어보는
것입니다.”

대개 덕이 있는 사람은 마음이 부끄럽지 않고 좁지도 않으며
넓고 크고 너그럽고 평화로워서 온몸이 윤택해진다. – 대학

# 한 사람밖에 없던 이유

선생이 어린 이솝에게 공중목욕탕에 사람들이 많은가를 알아보고 오라고 했다.

한참 후에 돌아온 이솝이 한 사람밖에 없다고 대답했다.

잘 되었다고 생각한 선생은 한가한 때를 이용해 목욕을 하려고 이솝을 비롯해 제자들을 모두 데리고 목욕탕으로 갔다.

그런데 이솝의 말과는 달리 목욕탕은 발 들여놓을 틈이 없을 정도로 가득 차 있었다. 그래서 선생이 이솝에게 물었다.

"도대체 이게 어찌 된 일이냐?"

그러자 이솝이 대답했다.

"아까 제가 왔을 때 목욕탕 정문 입구에 큰 돌이 하나 놓여있었습니다. 때문에 사람들이 그 돌에 걸려 넘어지거나 발을 다쳤습니다. 그런데 아무도 그 돌을 치우지 않았습니다. 그 광경을 지켜보던 한 사람이 땀을 뻘뻘 흘리며 돌을 치워 놓고 목욕탕으로 들어가더군요. 제게는 그 사람만이 사람으로 보였습니다."

# 습관은 밧줄보다 튼튼해

습관은 처음엔 거미줄처럼 가볍지만 나중엔 밧줄보다 더 튼튼해진다.

독일의 작가 에리히 케스트너가 친구 에른스트 펜 츠올트와 함께 기차여행을 했다.

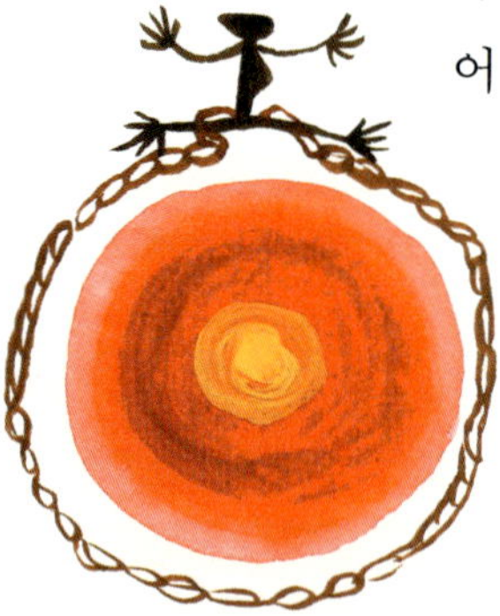

밤이 되자 모두들 피곤하여 쿠션에 기대어 잠들었다. 차 안은 쌔근쌔근 숨소리뿐, 조용한 정적에 잠겼다. 그 때 에른스트가 갑자기 일어나더니 조끼 주머니를 뒤져 약통을 꺼내며 말했다.

"큰일 날 뻔했네. 하마터면 수면제를 먹지 않고 잘 뻔했잖아!"

# 금덩어리보다 귀한 것

마음씨 착한 소년이 있었다. 그는 집이 가난해서 어려서부터 남의 집에서 일했다. 그가 일한 지 십 년이 되자 그 대가로 주인으로부터 금덩어리 하나를 받았다. 소년은 고향으로 돌아가 어머니를 즐겁게 해 드리려고 길을 나섰다. 그런데 어느덧 날이 저물어 주막에서 하룻밤을 지내게 되었다.

이튿날, 다시 길을 재촉하던 소년은 십 리쯤 갔을 때 금덩어리를 주막집에다 두고 온 생각이 났다. 그래서 서둘러 주막으로 되돌아가는데 주막집 영감이 헐레벌떡 달려왔다.

"이걸 갖다 주려고 이렇게 쫓아왔네."

"감사합니다, 할아버지. 이 은혜는 꼭 잊지 않겠습니다."

소년은 고개 숙여 인사를 하고 다시 길을 재촉했다.

얼마큼 가다 보니 장마 때문에 강물이 넘쳐 여기저기 물난

리가 났는데, 한 어린이가 강물에 떠내려
가면서 살려달라고 외치고 있었다. 소
년은 그를 구하고 싶었으나 불행히도
헤엄을 칠 줄 몰랐다. 그래서 얼른
보자기에서 금덩어리를 꺼내어 보
이며 외쳤다.

"누구든지 저 아이를 구해주는 사람
에겐 이 금덩어리를 드리겠습니다!'

그러자 한 젊은이가 강물로 뛰어들었다. 그리고 어린이를
구해주고는 금덩어리를 받아 어디론지 사라져버렸다.

소년은 비록 고향의 어머니를 즐겁게 해 드릴 금덩어리는
잃었지만 죽어가는 한 어린 목숨을 구했다는 데 큰 기쁨을 느
꼈다. 그런데 아까의 주막집 주인 영감이 헐떡이며 달려왔다.

"고맙네, 정말 고마워! 내 손자놈을 구하느라고 그 귀한 금
덩어리까지 남에게 주었다니, 이 은혜를 어떻게 갚지?'

그 어린아이는 바로 그 주막집 주인의 손자였던 것이다. 소
년은 노인의 손을 마주 잡으며 말했다.

"영감님, 그 금덩어리는 이미 제 것이 아니었습니다."

"그게 자네 것이 아니라니, 그게 무슨 말인가?'

"그 금덩어리는 제가 영감님네 주막에다 두고 떠난 그 순간

부터 제 것이 아니었습니다. 그런데 영감님께서 십리 길을 멀
다 않고 달려와 제게 돌려주셨잖아요. 그리고 다행히 그 금덩
어리로 영감님 손자의 목숨을 구했으니, 은혜라고 생각지 마
시고 다만 영감님의 정직한 마음에 대한 보답이라고 생각해
주십시오.”

인간은 언제나 당장 행복할 수는 없다.
인간의 행복이란 항상 앞으로 전진하며 탐구하는 데 있다. - 포드

# 당신도 부자가 될 수 있다

바벨론은 인류 역사상 최고의 부자나라였으며, 그들이 가진 보물은 지금도 가히 믿기 어려울 정도이다. 그러나 그들이 처음부터 그랬던 것은 아니었다.

바벨론이 그처럼 부자일 수 있었던 것은 그 나라 백성들의 지혜 때문이었다. 그들은 먼저 부자가 되는 방법을 배웠다.

당시 선왕 사르곤이 적 엘라미 족속을 물리치고 돌아왔을 때 총리 대신은 바벨론의 모든 백성이 잘 살려면 부자가 되는 방법을 잘 아는 사람으로 하여금 백성들을 가르쳐야 한다고 말했다.

왕이 물었다.

"총리대신, 그럼 우리나라에서 부자가 되는 방법을 가장 잘 아는 사람이 누구인고?"

"폐하, 그 질문에 답이 들어있습니다. 바벨론에서 가장 많은 재산을 모은 사람이 누구입니까?"

"그거야 아카드가 아니오? 바벨론에서는 그가 가장 부자지. 그럼 그를 데려오도록 하오."

다음 날, 왕의 명령대로 아카드가 나왔다. 그는 70살의 나이에도 불구하고 늘 곧고 씩씩했다.

왕이 말했다.

"아카드! 그대가 바벨론에서 제일가는 부자라는 것이 사실인고?"

"네, 다른 사람들은 그렇다고 합니다만……."

"그대는 어떻게 해서 그렇게 부자가 되었는고?"

"주어진 기회를 빨리잡고, 그리고 게으름 피우지 않고 꾸준히 노력했기에 가능했습니다."

"처음에 시작할 때 가지고 있던 것은 아무 것도 없었고?"

"부자가 되겠다는 간절한 소망뿐이었습니다. 그 밖에는 아무것도……."

"그럼 아카드, 그대는 그것을 가르쳐서 되는 것이라고 생각하는고?"

"그렇습니다. 폐하. 아는 사람이 다른 사람에게 가르쳐주면 가능하다고 생각합니다."

왕의 눈이 빛났다.

그로부터 2주일 후, 왕의 명령에 따라 최초의 부자가 되기 위해서 뽑힌 백 명의 사람이 배움의 전당에 둘러 앉았다. 아카드는 그들에게 부자가 되는 방법을 가르치기 시작했다. 먼저 계란 장사를 한다는 한 초라한 사람을 보고 물었다.

"당신이 매일 아침 계란 열 개를 광주리에 넣었다가 저녁에 아홉 개만 꺼낸다면 나중엔 어떻게 될까요?"

"계란 부자가 되겠지요."

"왜요?"

"매일 넣는 양이 꺼내는 양보다 한 개 씩 더 많으니까요."

아카드는 이렇게 저축하는 법을 가르쳤다. 그러면서 저축할 때에는 아내나 남편, 그 누구에게도 알려주지 말라고 했다. 그리고 그런 습관이 부자가 되는 첫번째 관문이라고 가르쳤다. 또 저축은 마음을 부풀게 하고 희망을 키워준다는 것, 돈이 돈을 낳아 부의 줄기를 가져오게 한다는 것도 설명했다. 그러면서 아카드는, '내가 번 수입의 일부는 절대 내 것이다.' 라는 마음으로 신이

그를 부를 때까지 수입의 10분의 1을 저축하면서 살라고 했
다. 그것이 그의 '알가미쉬의 지혜' 였다.

이 10분의 1의 지혜는 구약성서의 맨 마지막 책《말라기》에,
"만군의 여호와가 이르노라. 너희의 온전한 십일조를 창고
에 들여 나의 집에 양식이 있게 하고, 그것으로 나를 시험하여
내가 하늘 문을 열고 너희에게 복을 쌓을 곳이 없도록 붓지 아
니하나 보라." (말라기3:10)
라고 기술되어 있다.

10분의 1은 하나님께, 그리고 10분의 1은 자신의 비밀창고
에 모으는 일을 실천해 보라. 당신도 부자가 될 수 있다.

존 D. 록펠러 는 겨우 24살 때, 동업자들과 정유사업을 시작
하여 석유 산업의 대부호가 되었다. 그는 평생을 세 가지를
실천했다고 한다.

첫째, 교회에 가면 맨 앞자리에 앉아 하나님의 말씀을 듣는
것, 둘째, 목사를 신의 대리자로 생각하고 사귀고 그에게 잘
하는 것, 셋째, 수입의 10분의 1을 철저하게 바치는 것이었다.

록펠러는 97세에 세상을 떠났다.

그의 재산 9억 달러는 미국연방 예산보다 1억 8천 5백만 달
러가 많았고, 가장 재산이 많았을 때는 미국 GDP의 2%에 달
했다. 이것은 오늘날 빌게이츠가 가진 재산의 세 배다. 그러

나 카네기와 마찬가지로 그 역시 대부분의 재산을 사회에 나
눠주었다.

부의 외적인 현상만을 보지말고 내면의 뿌리에서 그 근원
이 어떻게 시작되었는가를 보라. 그 이치를 깨닫는다면 당신
도 부자가 될 수 있다.

여호와는 가난하게도 하시고 부하게도 하시며 낮추기도 하시고
높이기도 하시는 도다. 사무엘 상 5:2

# 좁쌀 한 알로 장가든 총각

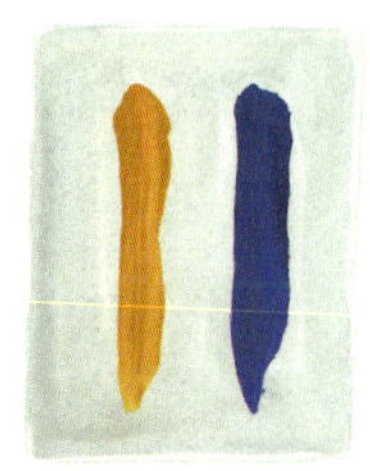

한 총각이 과거를 보기 위해 한양으로 가던 중 해가 저물어 주막에 들어갔다. 그는 잠자기 전 좁쌀 한 톨을 주막 여주인에게 맡겼다.

"이 좁쌀을 맡아 두었다가 내일 꼭 돌려주시오."

여주인은 그 좁쌀을 하찮게 여겨 아무렇게나 던져두었다.

다음날 총각이 여주인에게 말했다.

"어제 맡겨 둔 좁쌀을 주시오."

그러나 여주인은 건성으로 말했다.

"어쩌나? 쥐가 먹어 버렸네."

"뭐요? 그 좁쌀이 어떤 좁쌀인데……!"

총각은 버럭 화를 내며 말했다.

"그럼, 그 쥐라도 잡아 주시오."

총각이 하도 떼를 쓰자 여주인은 아무 쥐나 한 마리 잡아 주었다. 총각은 쥐를 받아들고 다시 길을 떠났다. 하루 종일 가다가 밤이 되어 또 주막에 들렀다. 그리고는 그 쥐를 주막 주인에게 주면서 말했다.

"이 쥐를 맡아 두었다가 내일 아침에 주시오."

다음날 총각이 쥐를 달라고 하자 주인이 시큰둥하게 말했다.

"허허, 고양이가 먹어 버렸다네."

총각은 펄쩍 뛰며 말했다.

"그 쥐가 어떤 쥔데 고양이가 먹게 내버려두었단 말이오. 그럼 그 고양이라도 주시오."

총각의 강력한 요구에 주인은 어쩔 수 없이 고양이를 주었다.

그리고 또 다음 주막에선 고양이를 맡겼는데 마구간의 말이 그만 고양이를 밟아 죽여 버렸다. 총각은 또 펄펄 뛰며 말이라도 내놓으라고 떼를 썼다.

"뭐요? 고양이 때문에 말을 달란 말이오?"

"그렇소. 만일 안 준다면 관청에 고발하겠소."

주막 주인은 일이 크게 벌어지면 성가신 일이라고 생각해서 순순히 말을 주었다.

다음 주막에서 또 말을 맡겼는데 이번엔 그 집 황소가 뿔로 받아 말을 죽이는 바람에 결국 황소를 얻게 되었다. 그리하여 총각은 황소를 타고 한양까지 갔다.

한양에 도착한 총각은 한 여관에 들었다. 물론 황소는 그 집에 맡겨 두었다.

여관에 묵은 지 삼일이 지난 아침이었다. 여관 주인이 총각에게 와서 말했다.

"손님, 죄송스럽게도 손님이 맡기신 황소를 다른 사람이 자기 소인 줄 알고 팔아 버렸습니다. 이 일을 어쩌지요?"

"뭐요? 그 소가 어떤 소인데 팔았단 말이오. 누구한테 팔았소?"

"정승댁에 팔았습니다."

"그럼 그 정승을 이리 데려오시오!"

총각은 막무가내로 우겼다. 여관 주인은 어쩔 수 없어 정승댁으로 가서 사정을 이야기했다. 그 얘기를 전해 들은 정승이 말했다.

"허, 별난 놈이로군. 그 총각을 내게 데려오시오."

그렇게 해서 으리으리한 정승댁에 불려간 총각은 당당하게 정승에게 말했다.

“제 소를 주십시오.”

난처해진 정승이 말했다.

“그 소는 이미 잡아서 먹어 버렸는데 어떡하면 좋은가?”

“그러면 그 소를 먹은 사람을 주십시오.”

정승은 총각의 용기와 재치가 보통 사람과 달라 보여 웃으며 말했다.

“음! 그 고기는 우리 딸애가 누구보다 맛있게 먹었으니 그럼 내 딸을 주어야겠군.”

그렇게 해서 시골 총각은 좁쌀 한 알로 정승댁의 어여쁜 딸과 혼인까지 하게 되었고, 나중에는 과거에도 급제하였다.

# 화목한 가정의 이유

형과 아우가 이웃에 살았는데 둘은 얼굴도 키도 성격도 비슷했다. 그러나 두 사람이 사는 방법은 판이하게 달랐다. 형네 집안에선 늘 웃음소리가 들렸는데 아우네 집안에서는 싸우는 소리가 끊이지 않았다.

아우는 왜 형네 집과 자기네 집이 그렇게 다른지 무척 궁금해서 형네 집으로 가보았다. 형의 집 대문 안으로 들어서자 형은 궁상스럽게도 종아리까지 나오는 짧은바지를 입고 마루에 앉아 있었다.

"아니 형님, 바지 꼴이 왜 그렇습니까?"

"응, 지난 장날에 바지를 하나 샀더니 바지 길이가 너무 길더군. 그래서 저녁을 먹으며 바지를 좀 줄여야겠다고 말했더니 자네 형수와 조카들이 이렇게 만들었다네."

"아니, 형수님은 바지 치수 하나 제대로 잴 줄 모르신단 말씀입니까? 조카들도 그렇고……."

"아니, 그게 아니라, 자네 형수가 한 치를 줄였는데 큰딸이 그런 줄도 모르고 또 한 치를 줄이고, 둘째딸이 또 한 치를 줄였다는군. 막내딸이 어리기 망정이지 그애마저 바느질을 할 줄 알았더라면 아마 무릎 위로 올라갔을 거야. 허허허."

"형님도 참 딱하십니다. 그런 차림으로 웃음이 나옵니까?"

"모두 제각기 나를 위해 한 일인데 어찌 꾸짖겠나."

아우는 느낀 바가 있어 집으로 돌아오는 길에 장에 들러 바지를 하나 샀다. 그리고 저녁을 먹으면서 바지 길이가 너무 기니까 한 치 가량 줄여 놓으라고 식구들에게 일렀다.

다음날 아침 바지를 보니 길이가 그대로였다.

"아니, 바지 길이를 줄이라고 했는데 잊었단 말이오?"

부인에게 호통을 치자 부인이 머뭇거리며 대답했다.

"첫째한테 시켰는데 안 돼 있어요?"

첫째는 동생한테 미루고, 둘째는 막내에게 소리를 질렀다.

"아버지 바지 길이를 줄여놓으라고 했잖아! 왜 안 했니?"

아우는 그제서야 왜 두 집안이 다른지 알았다.

# 요정 에코의 슬픈 사랑

그리스에 나르시스라는 아주 잘생긴 소년이 살고 있었다. 그는 용모가 너무 빼어나 그를 본 여자들은 모두 한눈에 반해버렸다. 그래서 그를 만난 여자들은 사랑의 열병을 앓게 되지만 정작 그는 요정 중에 아름답기로 으뜸인 에코조차도 거들떠보지 않았다.

에코는 사냥의 여신인 알테미스가 가장 총애하는 요정이었다. 그녀는 어찌나 말을 잘하는지 누구든 그녀의 말을 듣기만 하면 매혹되었다.

어느 날, 헤라(제우스의 애인, 질투와 시기가 강한 여신)가 제우스(그리스 신화 중 최고의 신)를 유혹한 요정들을 혼내주려고 지상으로 내려왔다. 그러자 그 요정들을 가엾게 생각한 에코는 그들에게 달아날 시간을 주기 위해 헤라를 붙잡고 오랫동안 재미있

는 이야기를 해 주며 시간을 끌었다.

나중에 이 사실을 안 헤라는 에코에게 가혹한 형벌을 내렸다. 에코가 다시는 남보다 먼저 말을 못하고 겨우 남의 뒷말이나 따라 하도록 만들어 버린 것이었다.

어느 날, 나르시스가 숲 속을 걷고 있었다. 그에게 반한 에코는 살금살금 그의 뒤를 따르며 어떻게 하면 그의 눈에 띌 수 있을까를 궁리했지만 헤라가 내린 벌로 먼저 말을 걸 수가 없었다. 한참을 가던 나르시스는 자기가 친구들로부터 멀리 떨어진 것을 깨닫고는 깜짝 놀라 소리쳤다.

"친구들아, 어디 있니?"

그러자 에코가 따라 했다.

"친구들아, 어디 있니?"

나르시스는 아무도 없는 곳에서 자기의 목소리가 들리자 신기해서 다시 소리쳐 보았다.

"나 여기 있어."

그러자 똑같은 말이 들려 왔다.

"나 여기 있어."

그래서 다시 말했다.

"이리 와."

그 말을 듣자 에코는 자기에게 하는 말로 착각하고 너무 기쁜 나머지 숨었던 곳에서 뛰어나왔다.

나르시스는 지금까지 자기 친구가 대답하는 줄로 알았는데 낯선 에코가 뛰어 나오자 깜짝 놀라 그녀를 휙 떠밀고는 도망쳐버렸다.

흠모하던 사람으로부터 참을 수 없는 모욕을 당한 에코는 깊은 동굴 속으로 들어갔다. 그 후부터 에코는 어둡고 깊은 동굴 속에 살며 가냘픈 목소리만 남아 누가 산중에서 소리를 치면 그대로 따라하는 메아리가 되었다.

인생에 있어서 가장 즐거운 시간은, 아무도 모를 둘만의 말로
누가 보아도 아름답고 맑은 이야기를 주고받을 때이다. — 괴테

# 사마천의 선택

사마천司馬遷의 나이 마흔여덟에 그에게 큰 어려움이 닥쳐왔다. 그가 추천한 이응이라는 장군이 흉노족과의 전쟁에서 그만 패하고 만 것이다. 그러자 한나라 무제와 조정의 신하들이 모두 일어나 이응 장군에게 비난의 화살을 쏘아댔다.

"이응은 전쟁에 지고도 뻔뻔하게 살아남아 적에게 항복한 역적입니다. 그러니 그 집안에 큰 벌을 내려야 합니다."

하지만 사마천은 달랐다.

"폐하, 이응 장군은 열심히 싸웠지만 워낙 병력 수가 모자라 지고 만 것입니다. 따라서 전쟁에서 진 것이 이응 장군의 책임만은 아닙니다."

무제는 사마천이 역적을 변호한다며 벌컥 화를 냈다.

"당장 저놈을 감옥에 가두어라!"

그리고는 사마천에게 사형을 받을 것인지 궁형을 받을 것인지 택하라고 했다. 궁형이란 남자의 생식기를 자르는 것으로 매우 모욕스러운 형벌이었다. 사마천은 감옥에서 며칠 밤을 지새며 고민했다.

'사대부인 내가 궁형을 당하면서까지 꼭 살아야 하나? 마땅히 스스로 목숨을 끊어 자존심을 지켜야 하지 않을까?'

하지만 사마천은 아버지의 유언을 떠올리며 다시 마음을 다잡았다.

'이 한 몸 죽는 것은 문제가 아니다. 하지만 나는 아버지 말씀대로 역사에 길이 남을 역사책을 기필코 완성해야 한다.'

결국 사마천은 사형 대신 궁형을 선택했다. 당연히 세상의 모든 사람들은 그를 비웃었다.

그러나 사마천은 세상에 대한 원망을 가슴속에 묻으며 한 자 한 자 역사책을 완성해 나갔다.

그로부터 2년 후, 그는 마침내 중국 역사에 길이 남을 역사서 《사기史記》를 완성했다. 20여 년에 걸친 기나긴 시간이었다.

사마천은 그 《사기》에서 이렇게 말했다.

'하늘에 북극성이 하나이듯이 땅에는 황제도 한 사람뿐이다. 따라서 하늘의 모든 별들은 북극성을 중심으로 돌 듯, 땅에서는 각 나라의 왕들이 황제를 중심으로 그 주위를 돌면서 보좌해야 한다.'

훗날, 이런 사마천의 영향으로 중국이 세계의 중심이라는 중화사상이 생겨나게 되었다.

《사기》는 후세의 역사책에도 큰 영향을 끼쳤다. 《사기》 이전에도 역사책들이 있었지만 그것들은 단편적인 이야기만 다루었을 뿐이다. 이에 비해 사마천의 역사책은 대단히 체계적이었다.

그는 왕들만이 아니라 큰 업적을 세운 사람에 대한 기록도 담았고, 역사 연표를 만들어 시대를 구분하고 시대별로 기록했다.

사마천은 남자로서는 참을 수 없는 형벌이었음에도 그를 감수하고 역사에 길이 남는 인물이 되었던 것이다.

행복한 생활이란 대체로 고요한 생활이어야 한다. 고요의 분위기
속에서만이 참다운 환희가 살아날 수 있기 때문이다.
— 버트란드 러셀

# 사람의 마음

여행 중에 우연히 만난 두 사람이 함께 동행을 하기로 했다. 그들은 서로를 이해하고 고생도 함께 했다.

그러던 어느 날, 길가에서 조금 앞서가던 한 사람이 보석이 든 보따리 하나를 주웠다.

"이렇게 귀한 것을 주웠으니 이제 남은 여행은 고생하지 않아도 되겠군."

뒤따라가던 동행자도 기뻐했다. 그러나 보따리를 주운 사람은 냉정하게 잘라 말했다.

"이것은 우리가 주운 것이 아니라 내가 주운 걸세."

그때 뒤쪽에서 왁자지껄한 소리가 들려 왔다. 돌아보니 많은 사람들이 몽둥이를 들고 달려오고 있었다.

"보석을 훔쳐간 도둑이 저기 있다! 잡아라!"

사실 보석을 훔친 것이 아니었는데 두 사람은 겁을 먹은 나머지 어느새 도망치고 있었다. 그때 보따리를 주운 사람이 말했다.

"이제 우린 꼼짝없이 저 사람들에게 붙잡혀 혼나게 됐으니 어쩐담?"

그러자 따라가던 사람이 말했다.

"무슨 말씀. 우리가 끝장나는 게 아니라 자네만 끝장나는 걸세. 보따리는 자네가 주웠잖아."

사랑이란 상실이며 희생이며 단념이다.
모든 것을 주어 버렸을 때 사랑은 더욱 풍부해진다. ― 구꼬

# 양치기 처녀의 슬기

알바니아 카르포 왕이 포고를 했다.

"돌을 때려 죽이는 사람이 있다면 그를 제일가는 귀족으로 삼겠다."

여러 지방에서 젊은이들이 장담을 하며 모여들었으나 어느 한 사람도 성공하지 못했다.

그때 슬기로운 한 양치기 처녀가 젊은 청년으로 변장하고 왕에게 말했다.

"폐하, 제가 돌을 죽이겠습니다."

소문이 온 나라에 퍼지자 많은 사람들이 구경하러 구름처럼 모여들었다.

왕도 귀족들을 데리고 교외의 넓은 장소까지 나아갔다. 성 안에서는 그렇게 많은 구경꾼들을 수용할 수기 없었기 때문이었다.

처녀는 칼을 빼어 들고 왕에게 말했다.

"폐하, 준비가 다 되었습니다. 이제 폐하께서 돌에 생명을 불어넣어 주십시오. 그러면 제가 바로 죽이겠습니다. 만약 폐하께서 돌에 생명을 넣어 주셨는데도 제가 죽이지 못한다면 저의 목을 베십시오."

왕이 감탄하며 말했다.

"너야말로 이 나라에서 제일 슬기로운 젊은이다. 앞으로 몇 가지 문제만 풀면 가장 높은 귀족의 자리는 물론이고 나의 아들같이 대우하겠다. 어떤가?"

"네! 최선을 다하겠습니다."

"사흘 후에 한번 더 나에게로 오도록 하라. 그런데 그때는 무엇을 타고 오지 않으면 안 되고, 무엇을 타고 와도 안 된다. 또 나에게 선물을 가져오지 않으면 안 되고, 또한 가져와도 안 된다. 그때 나는 많은 사람들과 함께 성밖으로 너를 마중 나갈 텐데 너는 반드시 마중을 받아야 되고, 또한 마중을 받아서도 안 된다."

처녀는 마을로 돌아가서 사람들에게 부탁하여 토끼 네 마리와 비둘기 두 마리를 산 채로 구했다.

약속한 사흘이 지났다. 처녀는 토끼를 한 마리씩 자루에 넣

어 그것을 마을 사람들에게 주면서 말했다.

"내가 토끼를 놓아 주라고 할 때 놓아 주시오."

그리고 자신은 비둘기 두 마리를 품속에 품은 후 양의 등에 타고 성으로 향하면서 심부름하는 사람을 미리 보내어 자기가 출발했음을 알렸다.

왕은 그 소식을 듣고 수많은 시민들과 함께 그를 마중하기 위해 교외로 나갔다.

처녀는 멀리서 왕과 많은 사람들이 자기를 마중하러 나오는 것을 보았다. 그리고 가까이 갔을 때 마을 사람들에게 토끼를 놓아 주라고 했다. 그러자 토끼는 폴짝폴짝 뛰어 갔고, 사람들은 그 토끼를 잡기 위해 그쪽으로 몰려갔다.

처녀는 그대로 양의 등에 딘 채, 때로는 발을 땅바닥에 붙여

걷기도 하고 때로는 높이 들며 나아갔다. 왕의 앞까지 다다르자 품속에서 두 마리의 비둘기를 꺼내어 왕에게 바쳤다. 왕이 비둘기를 받으려고 손을 내미는 순간 처녀가 비둘기를 놓아 주자 비둘기가 날아가 버렸다. 처녀가 왕에게 말했다.

"폐하, 보다시피 사람들은 저를 마중해 주었고, 그러나 나중에는 사람들이 한켠으로 몰려갔으므로 마중해 주지 않았습니다. 또한 저는 양을 타고 왔으나 온전히 타고 온 것이 아닙니다. 그리고 선물을 가지고 왔습니다마는 폐하께서 받지 못하셨으니 가지고 온 것이 아닙니다."

왕이 크게 감탄했다.

"옳거니! 오늘부터 그대를 내 아들처럼 대우하겠네."

그때 처녀가 왕의 귀에 대고 속삭였다.

"저는 남자가 아니라 여잡니다."

그래서 마침 혼자였던 왕은 그 처녀를 아내로 맞이하기로 했다. 양치기 처녀는 슬기로움으로 왕비가 된 것이다.

돈이 있어도 최고의 이상이 없는 사람은
조만간 몰락의 길을 밟는다. - 도스토예프스키

# 이두조의 운명

바닷가 숲에 머리가 둘 달린 새가 살고 있었다.

이 새는 몸은 하나였지만 두 개의 머리를 가지고 있었기 때문에 이두조라고 했는데, 생각과 행동이 제각각이었다. 즉, 두 머리 중 한쪽이 잠들면 다른 쪽은 깨어 몸을 지키는 습성이 있었다.

이 새가 어느 날 바닷가를 거닐고 있었는데 그날도 역시 한쪽 머리는 자고, 다른 한쪽은 깨어 있었다. 그때 맛있는 과일

하나가 물 위로 둥둥 떠 밀려왔다.

'혼자 먹을까? 졸고 있는 저 애를 깨워서 나눠 먹을까?'

깨어 있던 머리는 망설이다가 결국 혼자 먹기로 했다.

'저애와 나는 같은 몸이니 내가 혼자 먹더라도 어차피 영양분은 공동으로 섭취하게 될 거야. 그러니 굳이 깨워서까지 먹일 필요는 없겠지.'

잠시 후, 잠자던 머리가 깨어 냄새를 맡고는 남은 머리 혼자만 맛있는 과일을 먹었다는 걸 알고는 버럭 성을 냈다.

"왜 나를 깨워서 같이 먹지 않았어?"

"미안해. 하지만 우린 한몸이니까 나 혼자 먹어도 너한테도 영양분이 가게 되어 너도 마찬가지로 좋을 거야."

그러나 과일을 못먹은 머리는 좀처럼 화가 풀리지 않았다.

그러던 어느 날이었다.

이번엔 잠자던 머리가 깨어 있다가 바닷가로 밀려온 이상한 과일을 발견했다. 그 과일은 모양도 이상하고 냄새도 고약했다.

'이건 독이 든 과일이 분명해. 전에 쟤가 나를 무시하고 맛있는 과일을 혼자 먹었지? 그리고 내게도 이로울 거라고 했지? 이번엔 내가 독이 든 이 과일을 먹어서 너에게 복수하고 말 테다.'

　지난번 잠다가 과일을 못 먹게 된 머리는 이렇게 생각하고 복수하기 위해서 그 이상한 과일을 꾸역꾸역 먹었다. 억지로 먹고나자 그 독이 배에까지 내려가기도 전에 목을 태워버려 자기 혼자만 죽게 되었다.

　잠자던 머리가 깨어보니 남은 머리가 죽어 있었다. 그 머리가 독을 먹고 죽었음을 안 남은 머리는 독이 온몸으로 번지기 전에 조치를 취하지 않으면 안되었다. 그래서 눈물을 머금고 다른 한쪽 머리를 베어낼 수밖에 없었다. 악한 마음의 끝은 죽음이었던 것이다.

# 노력의 진수

**장자**莊者라는 중국 철인의 글에 나오는 이야기다.

어떤 왕이 어떻게 하면 백성들을 유복하게, 행복하게, 살 수 있도록 할 수 있을까, 생각한 끝에, 그 비결을 구하고자 나라에서 똑똑하다는 학자들을 모두 불러 놓고 말했다.

"자, 여러분들의 지혜를 모아 후세에 전할 훌륭한 책을 만들어 주시오."

학자들은 밤낮없이 연구를 거듭하여 마침내 열두 권의 책을 만들어 왕에게 바쳤다.

그 책을 받아든 왕이 말했다.

"참으로 훌륭한 책인 것만은 틀림없소. 하지만 분량이 너무 많소. 아무리 좋은 책도 사람들이 읽지 않으면 소용없으니 좀 더 간단하게 줄여 보시오."

학자들은 다시 지혜를
짜내 한 권으로 압축시
켰다.

왕이 다시 책을 받아
찬찬히 뜯어보고나서
말했다.

"지난 것보다 훨씬 훌륭
하오. 그런데 아직도 너무 길구려."

학자들은 또다시 고민 끝에 그 내용을 단 하나의 문장으로
요약했다. 왕은 비로소 기쁘게 웃었다.

"하하하, 이것이 바로 영원한 진리요. 앞으로 이 말의 뜻을 제
대로 깨닫는 사람은 무엇이든 쉽게 구하려 들지 않을 것이오."

학자들이 왕에게 바친 문장은 이랬다.

'이 세상에 절대 공짜는 없다(No free lunch)!'

땀 흘리지 않고 살려고 하는 못된 인간들 때문에 세상이 괴
로운 것이다. 또 내가 베푸는 선한 일에는 반드시 선한 대가
가 돌아온다. 그러므로 '심은대로 거둔다'는 이치대로 정직
하게 살아야 한다.

# 소년의 보은

한 소년이 파도에 휩쓸려 멀리 외딴섬으로 떠밀려갔다. 섬에는 아무 것도 없고 오로지 사과나무 한 그루만 있었다.

소년을 보자 사과나무가 반갑게 말했다.

"많이 지쳤나 보구나. 내 그늘로 와서 좀 쉬렴."

"고맙습니다. 그런데 배가 무척 고픈데요."

"그래? 그럼 내 과일을 먹으렴."

나무는 몸을 흔들어 맛있는 사과를 떨어뜨려 주었다.

"감사합니다. 그런데 과일만 먹고는 살 수 없을 텐데요."

사과나무는 자신의 곧고 긴 가지 하나를 잘라 소년에게 주었다. 소년은 그 가지로 낚싯대를 만들어 물고기를 낚아 올렸다. 물고기를 먹은 소년은 조금씩 기운을 차리게 되었다.

며칠 후, 소년이 훌쩍거리며 울었다.

"아니, 왜 그러느냐?"

"집에 있는 엄마가 보고 싶어서요."

사과나무는 골똘히 생각에 잠겼다.

'저애랑 같이 있으면 심심하지 않고 좋긴 하겠는데……. 아냐, 외로움은 나 혼자만으로도 충분해. 아무래도 저애는 엄마 품으로 돌아가게 해주는 게 좋겠어.'

그날 밤, 요란한 천둥소리와 함께 벼락이 사과나무를 내리쳐 그 바람에 나무의 허리가 부러지고 말았다.

날이 개자 소년은 동강난 나무로 통나무배를 만들어 타고 바다 위로 나아갔다. 소년을 태운 통나무배는 며칠 후 뭍에 도착했고, 소년은 무사히 어머니의 품으로 돌아갔다.

그 후, 소년은 자라 큰 배의 선장이 되었다. 그는 날마다 바다를 떠돌면서 사과나무가 있었던 섬을 열심히 찾았다. 그러나 그 섬은 보이지 않았다.

그러던 어느 날, 선장은 이번에는 기필코 섬을 찾고야 말겠다는 결심을 하고 배에 어린 사과나무들을 잔뜩 싣고 떠났다.

드디어 선장의 망원경에 사과나무가 있었던 섬이 보였다.

"저기다! 바로 저 섬이다."

섬 한가운데에는 고목 한 그루가 덩그러니 밑둥만 남아 있었다. 선장은 나무를 끌어안고 눈물을 흘렸다. 그리고 나서 가져온 어린 사과나무들을 고목나무 옆에 정성껏 심었다.

# 현자와 인색한 자의 대결

카자흐에 카른바이라는 노인이 살고 있었다. 그는 많은 가축을 가진 부자이면서도 너무 인색했다.

그가 사는 마을 사람들은 손님 접대하는 것을 좋아하여 낯선 사람이 찾아와도 기꺼이 하룻밤을 묵게 하고 음식까지 접대했다. 그런데 카른바이는 누가 찾아와도 그런 일이 없었다.

소문을 듣고 아르다코시가 그를 골려 주기 위해 말을 타고 그를 찾아 갔다.

그가 카른바이의 집에 도착했을 때는 이미 깜깜한 밤이었다. 아르다코시는 우선 집안의 동정을 살폈다.

부엌 화덕에는 물이 펄펄 끓고 있는 큰 쇠냄비가 얹혀져 있고, 그 곁에서 뚱뚱한 카른바이가 맛있는 말고기로 소시지를 만들고 있었다. 심술궂게 생긴 그의 아내는 빵가루를 반죽하고 있고, 아들은 말머리를 불에 굽고 있었다. 또 아름다운 딸 비즈는 꿩의 털을 뽑고 있었다.

그 광경을 꼼꼼히 살핀 아르다코시는 문을 열기 전에 인사부터 했다.

"안녕하십니까?"

순간, 그들은 만들고 있던 것들을 허겁지겁 숨겼다.

아르다코시는 모르는 체하며 천천히 안으로 들어섰다. 그러자 카른바이가 억지 웃음을 웃으며 맞아들였다.

"어서 오십시오, 아르다코시 선생. 오는 도중에 별일 없었나요?"

"아니, 있었지요. 내가 오는 길 한가운데에 누렇고 큰 뱀이 한 마리 있더라구요. 그런데 그게 머리를 치켜들고 나한테 덤비지 않겠소. 어떻게나 큰지 아마 방금 당신이 옷 속에 감춘 소시지 정도는 됐을 거요. 그래서 그 뱀을 죽이려고 큰 돌을 들어올렸지요. 그 돌은 방금 당신의 아드님이 감춘 말머리 정도는 됐을 거구요. 사람이 다급하면 그렇게 큰 돌도 들어올릴 수 있지요. 그 돌로 힘껏 뱀을 내리쳤더니 뱀이 산산이 흩어지고 말았어요. 마치 아주머니가 엉덩이 밑에 감추고 있는 빵가루처럼 말이오. 만약에 내가 한 말이 거짓말이라면 저 따님이 감추고 있는 꿩처럼 온몸의 털이 죄다 뜯겨나가도 할말이 없을 거요."

얼굴이 홍당무가 된 카른바이는 홧김에 소시지를 쇠냄비
속으로 던져 넣었다. 그러자 아들도 딸도 아버지를 따라 말머
리와 꿩을 냄비 속에 집어넣었다. 그리고는 이구동성으로 말
했다.

"자, 이제 석 달 동안은 삶아야 하겠지?"

그러니까 아르다코시에게 그것들을 먹을 생각은 아예 하지
도 말라는 뜻이었다. 그러자 아르다코시가 가까운 소파에 몸
을 던지며 말했다.

"나는 지금부터 다섯 달은 여기에 머무를거요."

이를 본 카른바이는 가족들에게 모두 잠을 자라고 일렀다.
얼마 안 가서 카른바이 가족들이 코를 고는 소리가 들리기 시
작했다.

아르다코시는 가만히 일어나 냄비 안의 음식들을 하나하나
꺼내어 게눈 감추듯 먹어치워 버리고는 잠든 척 누워 있었다.

잠시 후, 카른바이가 일어났다. 나그네가 잠든 틈을 타서 조
금 전에 숨겨 두었던 음식을 가족들과 함께 몰래 먹으려 한 것
이다.

그런데 냄비 속에는 아무 것도 없었다. 카른바이는 분통이
터졌으나 하는 수 없었다.

이튿날이 되어도 아르다코시는 여전히 떠날 기미를 안 보였다. 그는 그날도 심심찮게 카른바이를 골탕 먹이며 싱글벙글 거렸다.

이윽고 밤이 되자 아르다코시는 다시 누워 잠든 척했다. 카른바이는 무슨 수를 써서라도 그를 쫓아내야겠다고 생각하고 아내와 의논했다. 아르다코시는 그들이 속삭이는 소리를 죄다 듣고 있었다.

카른바이가 잠들자 아르다코시는 슬그머니 밖으로 나가 자기가 타고 온 말을 휘파람으로 불렀다. 그리고는 말 이마의 흰털 부분에다 숯 검정을 칠하고는 마구간으로 끌고 가 카른바이의 다른 말들과 섞어 놓았다. 그리고 카른바이의 말 중에서 제일 훌륭해 보이는 말을 골라 이마에 분필로 하얗게 칠해 놓고 잠자리로 돌아와 잠들었다.

다음 날, 날이 새기도 전에 카른바이가 소리를 질러댔다.

"아르다코시 선생, 큰일났소. 당신의 말이 독풀을 먹었소."

"이크, 큰일났네. 그럼 고기마저 못 먹게 되기 전에 빨리 잡아 주시오."

아르다코시는 능청스럽게 말했다.

카른바이는 많은 말 중에서 이마에 하얀 반점이 있는 말을 때려 눕혔다.

"나에게는 단 한 마리밖에 없는 말이었는데 이 일을 어떡한담. 큰일났네."

아르다코시는 안타까워하는 척하면서 카른바이 몰래 그 말의 이마에 있는 하얀 분필을 닦아 버리고는 갑자기 소리를 질렀다.

"에이 참, 깜짝 놀랐네. 이건 내 말이 아니라 카른바이 당신의 말이잖소."

그리고는 말의 무리 속에서 자기의 말을 찾아 이마의 숯검정을 닦아내고 끌고 나갔다.

카른바이는 또 다시 얼굴이 붉으락푸르락 분통을 터뜨렸으나 어쩔 수 없었다.

# 분열의 결과

얼룩소와 외뿔소가 친구로 사귀며 서로를 아껴 주었다.

얼룩소는 뿔 하나가 부러지고 없는 외뿔소에게 적이 나타날 때마다 함께 싸워 주고, 외뿔소는 남달리 눈이 밝았기 때문에 얼룩소를 풍성한 먹이가 있는 곳으로 안내해주었다. 그런데 그들을 잡아먹으려고 호시탐탐 노리는 사자가 있었다.

어느 날, 외뿔소가 따로 떨어져 풀을 뜯고 있는 것을 본 사자가 살며시 다가가 이간질을 했다.

"얼룩소가 널 보고 뿔이 하나밖에 없는 병신이라고 놀리더라. 자기가 없으면 너는 금방 잡아먹힐 거라던데?"

"뭐라고? 앞도 잘 못보는 주제에……"

사자의 말에 외뿔소는 화가 났다.

그리고나서 사자는 다시 얼룩소에게 다가가 말했다.

"야, 얼룩소! 외뿔소
가 널보고 먹이도 찾아
내지 못하는 바보라고
놀리더라. 자기가 없었
으면 넌 진작 굶어 죽
었을 거라던데?"

"아니, 뭐야? 뿔도 하
나밖에 없는 게……"

얼룩소도 머리 끝까
지 화가 났다.

그 후, 얼룩소와 외뿔소는 서로 미워하며 협동하지 않았고,
마침내 사자의 밥이 되고 말았다.

# 부자의 억지

가난한 농부가 귀한 금촛대를 가지고 있었다. 이를 안 이웃 마을의 욕심쟁이 부자가 그를 불렀다.

"듣자하니 자네 집에 금촛대가 있다는데 내게 팔게나. 값은 얼마든지 주겠네."

"영감님, 죄송합니다만 그것은 저희 집 대대로 물려내려온 가보라서 팔 수가 없습니다."

부자 영감은 괘씸한 생각이 들어 이 기회에 농부를 혼내 주어야겠다고 생각했다.

"좋네. 그렇다면 우리 내기를 하세."

"무슨 내기를요?"

"오늘부터 사흘 안에 딸기를 따 오게. 만일 자네가 따오면 내가 지는 것으로 하고 그 금촛대를 포기하겠네."

"예? 이 한겨울에 딸기를요? 그런 억지가 어디 있습니까?"

그러나 나약한 농부로서는 부자의 횡포를 물리칠 수가 없었다. 그래서 할 수 없이 눈 덮인 들과 산을 헤매며 딸기를 찾기 시작했다.

사흘째 되는 날, 농부는 걱정에 싸여 앓아눕고 말았다. 그러자 아들이 근심스럽게 물었다.

"아버지, 무슨 걱정이 있으신지요?"

"그러게 말이다. 이웃 마을 부자 영감이 우리 집에 있는 금촛대를 팔라는구나. 그게 어떤 물건인데……."

아버지는 모든 사실을 털어놓았다.

"아버지, 걱정 마시고 편히 누워계십시오. 제가 가서 해결하고 오겠습니다."

아들은 부자에게 달려가 말했다.

"나으리, 저는 아랫마을에 사는 농부의 아들입니다. 아버지께서 딸기를 구하러 갔다가 그만 뱀한테 물려 자리에 눕는 바람에 제가 대신 왔습니다."

부자는 그 말을 듣자마자 벌컥 화를 냈다.

"예끼, 거짓말쟁이놈! 한겨울에 뱀이 어디 있단 말이냐?"

그러자 농부의 아들은 기다렸다는 듯이 얼른 되물었다.

"그렇다면 딸기는 있을까요?"

"야 이놈아, 딸기도 마찬가지지."

부자는 엉겁결에 스스로의 억지를 인정하고 말았다.

"그렇지요? 그런데 왜 저의 아버지한테는 딸기를 구해오라고 하셨습니까?"

부자는 아무 말도 못한 채 얼른 안방으로 들어가 버렸다.

남이 하지 못하는 좋은 일을 나 스스로
끝까지 행하면 능히 나를 감동시킬 수 있다. – 맹자

# 6

## 명상의
## 황금열매

우리집 | 한국화 채색 | 33.4×21.2cm | 배명

# 연가

배 명 식

당신은 들꽃 같은 마음 지닌
나의 산

산새울음이나 강가의 풀들 재우는
나의 바람

유년의 걸음으로 달려가는
나의 들

사념의 줄기들이 모여 하나 되는
나의 바다

당신은 변함없이 새 날을 깨우는
나의 기도

# 사형 집행이 중지된 성직자

1936년, 스페인 내란의 초기. 마드리드의 카사데캄포 사형장에 군인들이 한 성직자를 압송해왔다. 죄목은 내란군 은닉죄로 총살형을 선고받고 있었다.

사형이 집행되기 직전, 성직자는 손목에 차고 있던 금시계를 풀며 말했다.

"이것이 내 전재산입니다. 이것을 팔아 전쟁으로 부모를 잃어 갈 데 없는 고아들을 돌보는 데 써 주십시오."

죽음 직전의 최후 순간까지도 불쌍한 고아들을 사랑하는 따뜻한 마음에 감동한 지휘관은 형집행을 중지시켰다.

"당신같이 훌륭한 분을 죽이는 것은 국가의 손실입니다. 부디 앞으로 조국을 위해 더욱 봉사해 주십시오."

# 까마귀의 욕심

농가의 지붕 위에 빨간 고추가 널려 있는 것을 본 까마귀가 참새에게 말했다.

"누가 저 고추를 많이 먹나 내기하자. 그리고 이긴 쪽이 진 쪽을 잡아먹기로 하고."

참새는 까마귀가 농담하는 줄 알고 웃으며 그러자고 했다.

둘은 허겁지겁 고추를 먹기 시작했다. 그런데 참새는 고추를 하나하나 정직하게 먹었지만 까마귀는 하나를 먹을 때마다 서너 개씩 거적 밑에 숨겼다. 결과는 뻔했다.

"자! 내가 이겼지? 그럼 이제 너를 잡아먹겠다!"

까마귀가 눈을 부릅뜨고 말했다. 그제서야 참새는 까마귀가 농담하고 있는 것이 아니라는 것을 알았다. 그래서 살려달라고 애원했으나 까마귀는 들은 척도 하지 않았다.

참새가 까마귀에게 말했다.

"좋다. 약속은 지키겠다. 하지만 나를 잡아 먹기 전에 먼저 네 입이나 좀 씻어라. 비록 내가 너한테 죽기야 하겠지만 그래도 너의 더러운 입 속으로는 들어가기 싫다."

까마귀는 강가로 가서 입을 씻으려고 했다. 그때 강물이 말했다.

"그 더러운 입을 어디다 대려고 하느냐? 우리 강물 전체를 더럽히지 말고 네가 필요한 만큼만 항아리에 담아서 가져가도록 해라."

까마귀는 옹기장이에게 가서 항아리를 하나 만들어 달라고 부탁했다. 그러자 옹기장이가 말했다.

"진흙을 가져오면 만들어 주겠다."

까마귀는 다시 들판으로 날아가 부리로 진흙을 파려 하자 이번에는 흙이 말했다.

"그 더러운 입을 내게 대지 말게. 꼭 쓰려거든 삽을 가져와서 떠 가게나."

까마귀는 대장장이에게로 가서 삽을 만들어달라고 했다.

그러자 대장장이는 쇠를 녹이는 불을 가져와야 삽을 만들 수 있다고 했다. 까마귀는 농부의 집으로 가서 불을 좀 달라고 했다. 그러자 농부의 아내가 불을 부삽에 담아주었다.

까마귀는 엉겁결에 그것을 자기 등에 얹어달라고 했다.

농부의 아내는 불덩이를 까마귀의 등에 부어주었다. 그러자 까마귀의 깃털이 뿌지직거리며 타기 시작했다. 까마귀는 팔짝팔짝 뛰었지만 날개가 순식간에 다 타버렸다.

결국 까마귀는 참새를 잡아 먹으려다가 자기만 곤경에 빠지고 말았다.

자기 자신을 존중하는 것처럼 남을 존중하라.
남이 자기에게 친하게 하는 것을 받아 줄 수 있다면
그는 사랑을 아는 사람이다. - 공자

# 노인의 꾀

왕이 자신이 키우는 새를 너무 사랑해서 보석으로 새장을 만들어 주고, 매일 깃털을 매만져 주는 등 정성을 다했다.

그러던 어느 날, 새장 문이 열려진 사이에 새가 궁궐 밖으로 날아가 버렸다. 왕은 새를 찾아주는 사람에게 무엇이든 원하는 것을 주겠다고 공포했다.

한편, 궁궐에서 달아난 새는 한참을 날다 지쳐 어느 가난한 노인의 집 마당에 앉았다. 노인은 그 새가 왕이 찾고 있는 새임을 알고 새를 잡아 안고 집을 나섰으나 궁궐로 가는 길을 몰랐다. 그래서 지나가는 청년에게 물었다. 청년은 탐욕스런 눈으로 새를 바라보며 말했다.

"나에게 상금의 반을 준다면 궁궐로 데려다 드리겠소."

노인은 그러겠다고 하고 청년과 함께 궁궐에 이르러 안으로 들어가려하자 문지기가 가로막으며 말했다.

"내게 상금의 반을 주어야 들어가게 해 주겠소."

"허허, 어쩌나? 나는 이미 이 청년에게 여기까지 데려다 준 대가로 반을 주기로 약속했는데……."

"그럼 당신 몫의 반을 주면 되잖소."

노인은 하는 수 없이 그리하기로 약속을 하고 안으로 들어갔다. 궁궐의 뜰을 지나가려는데 약삭빠르게 생긴 한 군인이 또 그들을 불렀다.

"이보슈, 여긴 아무나 들어오는 곳이 아니오. 빨리 나가쇼."

노인이 자초지종을 말하자 그도 욕심을 내고 제의했다.

"그럼, 나에게도 상금의 반을 주면 왕을 뵙게 해 주겠소."

"난 이미 이 청년과 문지기에게 상금을 반씩 나누어 주기로 약속했다네."

"흐흠, 그래? 그렇다면 그 나머지를 모두 내게 주면 되잖소?"

노인은 몹시 억울했지만 그러겠다고 했다.

드디어 노인은 왕 앞에 섰다.

왕은 새를 보자 무척 기뻐하며 물었다.

"새를 찾아 주었으니 그 보상으로 무엇을 받고 싶은가?"

노인은 곰곰이 생각하다기 말했다.

"예! 곤장 백 대를 맞겠습니다."

노인의 말에 왕은 어리둥절해서 다시 물었다.

"뭐? 정말 곤장 백 대를 맞겠단 말인가?"

"예, 그렇습니다."

왕은 곤장을 가져오게 했다.

"그럼, 형틀에 엎드려라."

왕이 명령하자 노인이 다시 말했다.

"아닙니다, 저는 밖에 서 있는 청년에게 나를 여기 데려다 준 대가로 상금의 절반을 주기로 약속했습니다. 그러니 그 곤장 오십 대는 그 청년이 맞아야 합니다."

왕은 그제야 노인의 뜻을 알아차리고 청년을 불러들였다. 청년은 돈을 주겠거니 생각하고 기뻐하며 들어왔다가 곤장만 맞고는 걸음도 제대로 걷지 못하고 기어서 나갔다.

"폐하, 나머지 반의 반은 문지기에게 주기로 약속했습니다."

왕은 문지기를 불러 스물다섯 대를 때리도록 했다. 문지기는 아픈 엉덩이를 씰룩거리며 나갔다.

"나머지는 모두 군인에게 주기로 약속했습니다."

왕은 다시 군인을 불러 제 몫의 곤장을 때렸다.

그리고 지혜로운 노인에게는 따로 선물을 주었다.

# 미군과 독일군의 성탄 만찬

하얀 눈이 나붓나붓 내리는 크리스마스 이브.

독일의 한적한 마을에서 한 어머니가 정성껏 음식을 만들고 있었다. 그때 누군가가 문을 두드려서 열어 보니 미군 하나가 심하게 다친 동료를 업고 와 도와달라고 애원했다.

부인은 그들을 방으로 안내하고 그들 몫으로 음식을 더 만들기 시작했다.

잠시 후, 누군가가 또 문을 두드려 문을 연 부인은 깜짝 놀랐다. 이번엔 독일군 네 사람이 추위에 떨며 서 있었다.

부인은 적군을 보호해주면 반역죄로 몰려 가차없이 총살당한다는 사실을 알고 있었기 때문에 겁에 질렸다.

부인이 처한 사정을 모르는 그들은 부대를 잃어서 그런다며 하룻밤 쉬어 가게 해주기를 간청했다. 부인이 말했다.

"그렇게 해 드리지요. 그런데 조건이 있습니다. 지금 방에 다른 손님들도 와 계시는데 그들과 절대로 싸우지 않겠다고 약속하십시오. 그들은 미군들인데 지금 부상을 입어 죽기 직전에 있습니다."

잠시 긴장감이 감돌았다. 그러다가 독일군의 선임자가 고개를 끄덕였다.

마침내 독일군과 미군이 마주쳤으나 고요한 침묵만 흐를 뿐 별다른 일은 없었다. 부인은 네 사람의 음식을 더 준비하기 위해 부엌으로 들어갔다. 그때 갑자기 신음소리가 났다.

놀란 부인이 달려가 보니 독일군 위생병이 아픈 미군을 치료해 주고 있었다.

잠시 후, 부인은 그들을 식탁에 둘러앉게 하고 하나님께 사람의 생명을 소중하게 여기게 해 달라고 간절히 기도했다. 그 기도소리를 들은 독일군과 미군들의 눈에서 눈물이 흘러내렸다. 그리고 모두들 손에 손을 잡고 캐롤을 부르기 시작했다.

창밖에서는 여전히 흰눈이 나붓나붓 내리고 있었다.

# 거리의 천사들

한 거지가 음식점 앞에서 식당으로 들어가려는 노부부에게 다가가 손을 벌렸다.

"사흘 동안 꼬박 굶었습니다. 조금만 보태 주십시오."

"미안하구려. 잔돈이 없어서."

남자가 퉁명스럽게 거절하자 옆에 있던 부인이 남편의 옆구리를 찌르며 말했다.

"여보, 이렇게 불쌍한 사람을 두고 어떻게 우리만 음식을 먹을 수 있겠어요. 자, 적지만 이거라도 받으세요."

부인은 천 원짜리 한 장을 내밀었다.

"고맙습니다."

거지는 연신 허리를 굽신거리면서 절을 했다. 그리곤 빵집으로 달려가 오백 원어치의 빵을 사서 허겁지겁 먹기 시작했다.

그때 건너편에서 초라한 노인이 입맛을 다시며 뚫어지게 그 광경을 지켜보고 있었다. 거지는 남은 돈으로 빵을 사서 노인에게 건네주며 말했다.

"할아버지, 무척 시장한 것 같은데 이거라도 드세요."

노인은 빵을 조금 떼어 먹더니 나머지를 종이에 정성스레 쌌다. 거지가 궁금해서 물었다.

"왜, 내일 드시려고요?"

"응, 그게 아니라 저 길 모퉁이에서 신문 파는 꼬마가 생각 나서……. 고놈이 빵을 무척 좋아하거든."

노인은 빵을 들고 신문팔이 꼬마에게로 갔다. 꼬마는 배가 무척 고팠는지 빵을 맛있게 반쯤 먹다가 길 잃은 강아지가 다 가오자 아낌없이 나머지를 던져 주었다. 그리고는 신문을 팔 러 어디론가 뛰어갔다.

거지는 길 잃은 강아지의 목에 걸린 이름표를 보고 주인을 찾아갔다. 강아지의 주인은 큰 회사의 사장이었다. 주인은 반 가이 맞으며 거지의 손을 꼭 잡았다.

"정말 고맙소. 당신은 참 양심적이오. 괜찮다면 우리 회사 에서 일해 주시오."

다음날부터 거지는 길거리를 떠돌지 않아도 되었다.

# 준비된 사람은 행복해

젊은이가 배에 물건을 가득 싣고 외국에 가서 팔기 위해 떠났다. 그런데 바다 한가운데서 심한 폭풍우를 만나 배는 산산이 부서지고, 물건도 모두 바다에 가라앉고 말았다.

젊은이는 널빤지에 겨우 몸을 의지한 채 정처없이 떠내려가기 시작했다. 그렇게 떠돌던 그는 뜨거운 태양볕에 그만 정신을 잃고 말았다.

얼마 후, 정신을 차려 보니 젊은이는 어느 낯선 섬에 닿아 있었다. 그런데 어찌 된 일인지 옷이 다 벗겨진 알몸이었다.

그때 갑자기 사람들이 우르르 몰려오더니 '우리 폐하 만세!' 하고 외치는 것이었다. 그는 영문을 몰라 어리둥절했다.

"아니, 왜들 이러십니까? 저는 폭풍우에 휩쓸려 재산을 모두 잃은 장사꾼일 뿐인데 폐하라니요?"

“저희 나라에서는 일 년에 한 번씩 벌거벗고 찾아오는 사람을 왕으로 맞아들이는 풍습이 있답니다.”

“왕이라구요?”

“네, 그런데 일 년 후엔 다시 아무 것도 없는 죽음의 섬으로 쫓겨나게 됩니다.”

그렇게해서 젊은이는 그 나라의 왕이 되어 하루하루를 즐겁게 보냈다. 그러나 일 년 후에는 죽음의 섬으로 쫓겨나야 하는 자신의 운명을 잊지 않았다. 그래서 그때를 대비해서 필요한 것들을 차근차근 준비했다.

우선 자기가 쫓겨 가게 될 죽음의 섬에 우물을 팠다. 그리고 꽃과 나무를 심고, 짐승과 새들도 놓아 길렀다. 또 아담한 집도 짓고, 밭을 만들어 씨앗을 뿌렸다.

마침내 일 년 후 젊은이는 예정대로 왕의 자리에서 쫓겨나 처음처럼 벌거숭이가 되어 죽음의 섬으로 보내졌다. 그러나 그곳은 그간 정성을 들여 가꾸어 놨기 때문에 예전처럼 황폐하지가 않았다. 꽃들이 아름답게 피어 있고, 나무에는 맛있는 열매도 주렁주렁 열려 있었다. 또 밭에선 곡식과 채소가 싱싱하게 자라고 있었고, 아담한 집에서는 새들이 지저귀고 있었다.

젊은이는 자신의 삶을 미리 준비한 덕분에 아무 걱정 없이 행복한 나날을 보낼 수 있었다.

# 자기 꾀에 죽은 염소

농부가 염소와 당나귀를 길렀다. 그는 일을 많이 하는 당나귀에게는 맛있는 음식을 주고, 늙은 염소에게는 맛이 없는 풀만 주었다.

불만이 많이 쌓인 염소는 한 꾀를 생각해 냈다. 당나귀가 일을 하지 않으면 그도 구박받겠지 생각하고는 그를 꼬드기기 시작했다.

"당나귀야, 너는 하루 종일 일만 하고 무거운 짐을 지느라 잠시도 쉬지 못하니 참으로 안됐구나. 그렇게 멍청하게 시키는 대로 하지 말고 아프다고 핑계를 대고 쉬면 되잖아, 이 바보야!"

당나귀는 염소의 말이 그럴듯하다 싶어 그렇게 했다. 그러자 농부는 걱정이 되어 의사를 불러 당나귀를 진찰하게 했다.

“이건 보통 병이 아닙니다. 이대로 두었다간 죽고 맙니다.”

“큰일이네요. 이 당나귀는 일을 참으로 잘하는 당나귀라서 죽으면 안 되는데 무슨 좋은 약이 없을까요?”

“좋은 약이 있기는 합니다만, 쉽진 않을 겁니다.”

“그게 뭡니까? 알려만 주십시오.”

“다름이 아니라 염소의 간을 푹 삶아서 먹이면 됩니다.”

농부는 당장 염소를 잡아 당나귀에게 먹였다.

행복하려면 불만에 자기가 속지 않으면 된다.
어떤 불만으로 인해 자기를 학대하지만 않는다면
인생은 즐거운 것이다. — 버트란드 러셀

# 까다로운 주문, 명쾌한 답변

조선시대, 중국은 우리나라 사람들의 지혜를 시험하느라 걸핏하면 심술궂은 요구를 했다.

한번은 이런 요구를 해왔다.

'조선에는 한강이라는 큰 강이 있다는데 그 물을 한 방울도 남기지 말고 퍼내서 한 척의 배에다 실어 보내시오.'

정말 어처구니없는 요구였다. 한강물을 한 방울도 남김없이 퍼올릴 수도 없거니와, 설령 퍼올린다 해도 실어 보낼 큰 배가 어디 있단 말인가?

조선의 왕과 신하들은 이 문제로 골치가 아팠다. 아무리 머리를 짜내도 좋은 묘안이 나오지 않았다.

그러는 동안 시간이 흘러 약속한 날짜가 다가왔다. 왕과 신하들은 입술이 바싹바싹 타들어갔다. 약속을 어기면 그를 트

집잡아 침범해 올 것이 뻔했다.

그때 나이 지긋한 한 정승이 묘안을 제시해 주었다. 왕은 뛸 듯이 기뻐하며 답장을 썼다.

'주문한 대로 한강 물을 한 방울도 남기지 않고 퍼 보낼 준비를 다 했습니다. 그런데 이 많은 물을 보내기 위해서는 큰 배가 필요합니다. 적어도 모래를 삼백 자 정도는 쌓아 올려 돛대를 만들어야 합니다. 그런데 아시다시피 조선에는 그런 많은 모래가 없으니 귀국의 사막에서 모래를 채취하여 삼백 자가 되는 모래 돛대를 만들어 보내 주시면 당장 한강 물을 보내 드리겠습니다.'

그 답장을 받은 후부터 중국은 다시는 까다로운 주문을 해 오지 않았다.

# 왕과 빗자루 재판을 한 노인

빗자루를 만들어 하루하루 살아나가는 노인이 어느 날 수레에 비를 가득 싣고 마을로 팔러 나갔다. 가는 도중에 왕을 만났는데 노인은 그가 왕인 줄을 모르고 있었다.

왕이 노인에게 말했다.

"나를 마을까지 좀 태워 주시오. 사례는 충분히 하겠소."

노인은 왕을 수레 뒷자리에 태우고 마을로 향했다. 왕은 편히 앉는데 방해가 되는 빗자루를 잡히는 대로 수레 밖으로 내던졌다. 노인은 왕의 그런 행동을 전혀 모르고 있었다.

이윽고 마을에 닿았다. 노인이 뒤를 돌아보니 수레에 빗자루가 한 자루도 없었다. 노인은 깜짝 놀라 왕에게 따졌다.

"내 소중한 빗자루를 왜 버렸소? 그 빗자루를 팔지 않으면 나는 곡식을 사먹을 수가 없단 말이오."

왕은 태연하게 말했다.

"그러면 나를 고소하면 될 거 아니오."

화가 난 노인은 실제로 왕을 고소했다.

"마을로 오는 도중 어떤 사람이 부탁하기에 저의 수레에 태워 주었는데, 그 사람이 감사하다는 보답은커녕 저의 빗자루를 모조리 내버렸습니다."

재판관들이 입을 모아 말했다.

"그 사람이 당신에게 옳지 못한 일을 저질렀으니 반드시 변상하게 될 것이오."

이튿날 아침, 왕과 노인이 재판소에 출두했다. 그러나 전날 밤, 왕이 재판관들에게 돈을 주고 미리 매수해 놓았기 때문에 재판관들은 무죄를 선고했다.

재판소를 나온 왕이 노인에게 말했다.

"할아버지, 억울하시면 나를 한번 더 고소하시오."

더욱 화가 난 노인은 이번에는 상급 재판소에 고소했다. 그러자 그곳 재판관들 역시 같은 말로 노인을 안심시켰다.

"그 사람이 당신에게 옳지 못한 일을 저질렀으니 반드시 변상하게 될 것이오."

이튿날 왕과 노인이 재판소에 출두했다. 그러나 거기서도 왕은 돈을 써서 노인이 패소하게 했다.

노인은 다시 최고재판소에 고소를 했다. 그러나 거기서도 결과는 마찬가지였다.

재판소에서 나온 왕은 노인을 궁성으로 데리고 가서 800파운드를 주면서 말했다.

"이제 집으로 돌아가서 이 돈으로 좋은 돛배를 한 척 만드시오. 그리고 나무껍질로 3천 켤레의 신을 만들어 성聖 요한의 축제일에 성 아래 다리에서 팔도록 하시오. 그런데 반드시 한 켤레에 3파운드 이하로 팔아서는 안 되오."

그리고 왕은 다음과 같은 조건으로 성 요한의 축제일에 큰 잔치를 벌일 것이라는 포고를 냈다.

'잔치에 오는 이는 반드시 나무껍질로 만든 신을 신고 와야 한다. 그 신은 당일 성 아래의 다리에서 팔고 있을 것이다.'

노인은 왕이 시킨 대로 하자 신발이 금세 다 팔려 버렸다.

그리하여 노인은 자기가 잃은 빗자루의 값보다 훨씬 많은 돈을 변상금으로 받은 셈이 되었다.

한편, 왕은 재판관들이 부당한 재판을 했다는 이유로 모두 벌금을 물리고 파면시켜버렸다.

# 구두쇠 시아버지와 총명한 며느리

지독한 구두쇠 집안에 새 며느리가 들어왔다. 며느리는 더 없이 총명했다. 그런데 시집온 첫날부터 시아버지의 잔소리가 시작되었다.

"아가야, 밥알 하나라도 아껴야 된다."

"예, 아버님."

며느리는 언제나 공손하게 시아버지의 말을 잘 받들었다. 그런데도 시아버지는 부엌까지 쫓아와서 잔소리를 했다.

"아가야, 아궁이 속의 장작이 쓸데없이 타는구나."

"예, 아버님. 앞으로는 나무를 아끼도록 하겠습니다."

그 뒤부터 며느리는 어떻게 하면 시아버지의 기분을 상하지 않게 하면서 잔소리를 그치게 할까 궁리를 했다.

그러던 어느 날, 시아버지가 시장에 가서 부채 하나를 사 가지고 와서는 며느리에게 말했다.

"아가야, 내 평생에 처음으로 부채를 샀다."

"예, 아버님. 제가 부채를 오래 쓰는 방법을 알려 드리겠습니다."

"그래? 어떻게 하면 오래 쓸 수 있겠느냐?"

"예, 부채를 천장에 매달아 놓고 그 아래서 고개를 좌우로 흔들면 되지 않겠습니까?"

"오! 그렇지, 그래!"

시아버지는 무릎을 치며 좋아했다. 그리고 당장 부채를 천장에 매달아 놓고는 그 아래에 앉아서 열심히 고개를 좌우로 흔들었다. 잠시 후, 시아버지는 고개가 뻐근하게 저려 오면서 무척 피곤했다. 그렇다고 다시 부채를 떼어 내자니 체면에 손상이 갈 것 같아 그대로 버티었다.

다음 날, 시아버지는 밥상을 받고 깜짝 놀랐다. 반찬이라곤 하나도 없고 큰 그릇에 된장만 떡하니 놓여 있었다.

"아니, 아가야, 웬 된장을 이렇게 큰 그릇에 담아 놓았느냐?"

"예, 작은 그릇에 자주 옮겨 담으면 그릇에 된장이 묻어 그만큼 버리게 되니 아깝지 않습니까? 아버님 말씀대로 조금이라도 아끼려고 그랬습니다."

"그런가? 그래 잘했다."

시아버지는 겉으로는 태연한 척했지만 내심으론 떨떠름했다. 이러다가는 영양실조로 금세 죽을 것만 같았다. 그래서 큰마음 먹고 굴비를 사가지고 와서 며느리에게 말했다.

"아가야, 이 굴비를 맛있게 구워 저녁상에 올려라."

시아버지는 입맛을 다시며 저녁상을 기다렸다. 그런데 막상 저녁상에는 굴비는 고사하고 멸치 한 마리도 보이지 않았다. 그래서 물었다.

"아가야, 아까 사온 굴비는 어쨌느냐?"

"예, 아껴 먹으려고 천장에 매달아 두었습니다."

"아니, 부채도 아니고 먹는 음식을 매달아 두었다고……?"

"예, 밥 한 술 드실 때마다 한번씩 쳐다보면 되지 않습니까? 그러면 짜지도 않고, 평생 동안 먹을 수 있잖아요."

시아버지는 기가 막혀 말이 나오지 않았다. 그리고 자신이 너무 절약할 것만을 강요한 잘못을 깨달았다.

"애, 아가야, 아끼는 것도 좋지만 우선 사람이 살고 봐야 되지 않느냐. 그냥 풀어서 밥상에 올리려무나."

그 말에 며느리가 함박 웃으며 말했다.

"예, 앞으로는 적당히 아끼겠습니다, 아버님."

그 후로 시아버지의 잔소리가 뚝 그쳤다.

# 맛을 봐야 맛을 알지요

아버지가 아들에게 사과를 사오라고 심부름을 보내면서 말했다.

"애야, 꼭 맛있는 것으로 사오너라. 하나라도 맛이 없는 것이 있으면 안 된다."

"예, 알겠습니다."

아들은 과일 가게로 달려가 사과를 살펴보기 시작했다.

"아저씨, 이 사과 맛있어요?"

"그럼, 맛이야 꿀맛이지. 어디 한 개 먹어 보렴."

아들은 얼른 하나를 집어 와삭와삭 다 먹어치운 다음 입맛을 쩝쩝 다시며 말했다.

"정말 맛있네요. 그런데 하나만 먹어 보고는 전부 다 맛있는지는 알 수 없잖아요. 모두 한 입씩 먹어 봐야겠어요."

그러고는 사과를 모두 한입씩 뭉턱뭉턱 베어 먹어 보고 나서 사가지고 왔다.

사과를 본 아버지가 화가 나서 물었다.

"아니, 누가 사과를 이렇게 베어 먹었지?"

"아버지가 맛있는 사과만 사와야 된다고 하셨잖아요. 그런데 먹어 보지 않고서 어떻게 맛있는 사과인 줄 알겠어요?"

인내와 노력, 이 두 가지만 있으면 이 세상에서
못할 일이 없다. 인내야말로 환희에 이르는 문이다. - 야콥센

# 명쾌한 재판

척 보기만 해도 범인을 알아낸다는 훌륭한 재판관이 있었다. 사람들은 모두 그 재판관한테서 어려운 문제를 해결했다.

그러자 왕이 직접 그 재판관을 만나 보려고 변장을 한 후 재판장으로 나갔다. 마침 재판이 시작되고 있었다. 왕은 방청객 속에 묻혀 재판 광경을 구경했다.

첫번째로 불려나온 사람은 학자와 농부였다. 두 사람은 한 여자를 놓고 서로 자기의 아내라고 우겨댔다. 그 여자는 벙어리여서 자기 생각을 말할 수 없었기 때문에 판단을 내리기가 매우 어려웠다. 재판관은 두 사람의 말을 들은 후 말했다.

"잘 알겠소. 내일 이맘 때 다시 오시오."

두 번째로 재판 받을 사람은 푸줏간 주인과 기름장수였다. 둘은 돈지갑 하나를 놓고 서로 자기 것이라고 우겨댔다. 그런데 증인이 없으니 누구의 것이라는 판결을 낼 수가 없었다. 재판관은 잠시 생각하더니 말했다.

"일단 돈지갑을 여기 두고 돌아갔다가 내일 다시 오시오."

구경꾼들이 모두 돌아가자 왕도 대궐로 돌아왔다.

왕은 과연 어떻게 판결을 내릴까 생각해 보았지만 도무지 짐작이 가지 않았다. 그래서 다음날 아침 또다시 어제처럼 재판장으로 갔다. 모두들 조용히 재판관의 판결을 기다리고 있었다. 재판이 시작되자 먼저 학자와 농부가 나왔다. 재판관은 판결을 내렸다.

"학자가 부인을 데리고 가도록 하시오. 그리고 농부는 벌로 매 50대를 맞아야 하오."

학자는 기뻐하며 아내를 데리고 돌아갔고, 농부는 50대의 매를 맞고 다리를 절룩이며 돌아갔다.

이어 푸줏간 주인과 기름장수가 불려나왔다.

"그 돈지갑은 푸줏간 주인의 것이니 기름장수는 벌로 50대를 맞도록 하시오."

그래서 푸줏간 주인은 지갑을 찾고, 기름장수는 매를 맞았다.

재판이 끝난 뒤 왕은 왜 그런 결과가 나왔는지 궁금해서 견딜 수가 없었다. 그래서 대궐로 재판관을 불러들였다.

“짐은 오늘 아침 그대의 재판을 지켜보았소. 그대의 명성은 전부터 들어 익히 알고 있으나 왜 그대가 그런 판결을 내렸는지 도무지 알 수가 없소. 그 이유를 말해 주겠소?”

재판관은 왕이 자기를 지켜보고 있었다는 사실을 알고 놀랐으나 침착하게 대답했다.

“그 여자가 하자의 아내라는 것을 알게 된 것은 이렇습니다. 오늘 아침 제가 그 여자를 불러 잉크병에 잉크를 따라 달라고 했더니 잉크병을 깨끗하게 씻은 다음 아주 능숙하게 잉크를 붓더군요. 만일 농부의 아내였다면 그렇게 하지 못했을 겁니다.”

왕은 고개를 끄덕였다.

“그럼 두 번째 판결은 어떻게 해서 그렇게 내렸소?”

“어제 저녁에 그 돈지갑을 물에 담가 두었지요. 만일 그것이 기름장수의 것이었다면 지갑에 기름이 배어서 기름이 물 위에 떠오를 텐데 기름이 한 방울도 떠오르지 않았습니다. 그러니 푸줏간 주인의 것임이 틀림없지요.”

왕은 재판관의 슬기로움에 감탄했다.

“당신이야말로 이 나라에서 가장 귀한 존재요. 부디 내 곁에 오래남아 나를 도와주시오.”

그 후 재판관은 평생 왕을 도와서 나라를 잘 이끌어 나갔다.

# 농부의 아내 사랑

미국의 캘리포니아 산
중턱에 장미꽃을 재배하는
농부가 있었다.

농부는 장미꽃을 재배하면서 날
마다 휘파람을 불었다. 때문에 사람들은 장미가 휘파람 소리
를 들으면 잘 자라는 줄만 알았다.

그래서 이웃에 사는 사람이 물었다.

"당신은 매일 휘파람을 부는데 그럼 장미가 잘 자랍니까?"

그러자 농부는 무엇을 훔치다 들키기라도 한 듯 얼굴이 붉
어지며 말했다.

"장미꽃 때문에 부는 게 아닙니다. 장미꽃에도 영향이 있는
지 모르겠지만……."

"그럼 왜 매일 꽃밭에서 일을 할 때면 휘파람을 부십니까?"

농부는 말없이 그 사람을 데리고 집으로 갔다. 농부의 집에는 눈먼 아내가 홀로 농부를 기다리고 있었다.

"제 아내는 저의 휘파람소리를 들어야 제가 어디쯤 있는지 그 위치를 압니다. 눈이 보이지 않거든요"

이웃 사람은 그 말을 듣고 농부의 아내 사랑에 큰 감명을 받았다. 장미 때문에 휘파람을 부는 줄 알았던 사람들은 그 이야기를 듣고 모두들 입을 모아 칭찬했고, 그 농부를 존경하게 되었다.

# 신발

지네가 개미네 집에 놀러 가서 사탕 내기 바둑을 두었다.
개미가 먼저 한 판을 이기자 신이 나서 말했다.

"이봐, 넌 상대가 안 되겠어. 얼른 가서 사탕이나 사와."

개미가 약을 올리자 지네는 입을 삐죽거리며 밖으로 나갔
다. 그런데 사탕을 사러 나간 지네가 한참이 지나도 돌아오지
않았다. 기다리다 지친 개미가 나가 보니 지네는 그때까지 마

루에 앉아 그 많은 발 하나하나
에 일일이 신발을 신기고 있었
다. 개미는 어이가 없어 그냥 돌
아와 버렸다.

다음날은 개미가 지네네 집에
가서 이번에는 아이스크림 내기

바둑을 두었다. 지네는 어제의 패배를 만회하기 위해 최선을 다했다.

그 결과 마침내 지네가 이겼다.

지네가 큰소리로 말했다.

"아! 아이스크림이 먹고 싶어 죽겠다."

"알았어. 사오면 될 거 아냐."

개미는 퉁명스럽게 말하고 밖으로 나갔다.

그런데 아이스크림을 사러 간 개미 역시 아무리 기다려도 돌아오지 않는 것이었다. 무슨 일인가 싶어 지네가 방문을 열고 나가 보았다.

개미는 그때까지도 마루에 쪼그리고 앉아 지네의 신발을 신었다 벗었다 하며 중얼거렸다.

"어? 이것도 지네 신발, 이것도 지네 신발. 도무지 내 신을 찾을 수가 없잖아."

# 지혜의 소년 마호사다

인도의 한 마을에 마호사다라는 총명한 소년이 살았다. 그는 마을 사람들의 고민을 척척 풀어 주어 신동이라 불렸다. 그 소문이 왕의 귀에까지 들어가자 왕은 그를 한번 시험해 봐야겠다고 생각하고 궁궐로 불러들였다.

마호사다가 왕 앞에 앉자 왕은 팔뚝만한 나무막대기를 가리키며 물었다.

"네가 영리하다는 소문을 들었는데 이 막대기의 어느 쪽이 윗쪽고, 어느 쪽이 아랫쪽인지 알아맞힐 수 있겠느냐?"

"예, 그건 매우 쉽습니다. 물 한 동이와 실을 주시면 직접 확인해 보여드리겠습니다."

즉각 그가 말한 것들이 준비되었다.

마호사다는 먼저 막대기의 한가운데를 실로 묶은 후 실 끝을 쥐고 물속에 넣자 막대기의 한쪽이 기울어졌다. 그가 왕에 게 물었다.

"폐하! 나무의 뿌리 쪽이 무거울까요, 가지쪽이 무거울까요?"

"그야 뿌리 쪽이 무겁겠지."

"그렇다면 아래로 가라앉은 쪽이 뿌리 아니겠습니까?."

왕은 그의 슬기로움에 감탄했으나 일부러 아무렇지도 않은 듯이 말했다.

"음, 그건 아무나 풀 수 있는 문제이고, 이번 문제도 풀 수 있을지 모르겠구나. 발에 뿔이 나 있고, 머리에 혹이 달렸으며, 하루에 세 번씩 우는 동물을 알아맞혀 보아라."

마호사다는 잠시 생각하더니 자신있게 대답했다.

"네, 그건 닭입니다. 발에 뿔이 난 것은 발톱을 말하는 것이고, 머리에 난 혹은 벼슬이지요. 하루에 세 번 운다는 것은 아침과 낮, 저녁에 우는 것을 말합니다."

“그래, 잘 맞추었구나. 그럼 이번 문제도 알아맞힐 수 있을까? 자, 세 번째 문제다. 나에겐 원래 모래로 만든 밧줄이 있었다. 그 밧줄로 그네를 매었는데 그만 끊어져 버렸다. 네가 그걸 연결시킬 수 있겠느냐?”

왕은 마호사다를 곯려주기 위해 일부러 엉터리 문제를 냈다. 마호사다는 왕의 속셈을 알아채고 거꾸로 왕을 곯려주어야겠다고 생각했다.

“네! 그것은 식은 죽 먹기입니다. 허나 그 밧줄의 굵기를 제가 모르겠으니 그 끊어진 밧줄을 한 토막만 주십시오.”

왕은 웃음을 터뜨리고 말았다.

“과연 총명한 소년이로고! 내가 졌다, 내가 졌어.”

왕은 마호사다에게 높은 관리로 채용하여 나라를 위해 일할 수 있게 해 주었다.

인간의 참된 힘은 걱정 속에 있는 것이 아니라
파괴되지 않은 평화 속에 있다. - 공총자

# 사랑의 힘

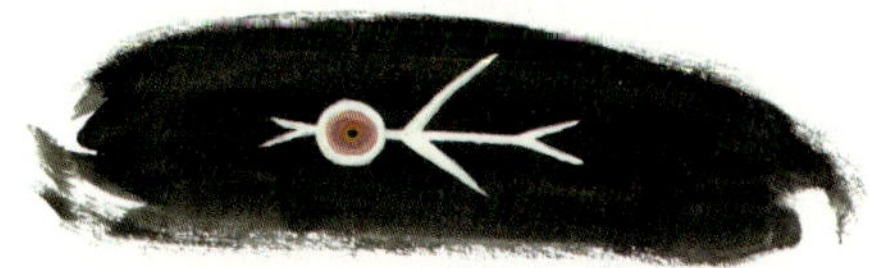

러시아 주재 스웨덴 대사의 딸이었던 엘사 브랜드스트룀 Elsa Brandström이라는 여인의 이야기를 들려 드리겠다.

그녀의 삶은 전적으로 하나님의 사랑 안에서 이루어졌다. 제 1차 세계대전에서 발생한 수많은 전쟁포로들의 마음에 담겨 있는 그녀의 이름은 '시베리아의 천사Angel of Siberia' 였다.

그녀는 인류 역사상 가장 어둡고, 가장 파괴적이고, 가장 잔인한 시기에서조차 사랑이 존재의 궁극적 힘이라는 진리를 보여주었던, 논박할 여지가 없는 산증인이었다.

제 1차 세계대전 초기의 어느 날, 스물 네 살의 엘사는 쌍뜨 베떼르부르크에 있는 스웨덴의 대사관에서 무심코 창밖을 바라보다가 독일군 전쟁포로들이 차에 실려 시베리아로 유배되는 모습을 보게 되었다. 그때부터 그녀는 더 이상 외교관 가족의 호화로운 삶 — 그때까지 그녀는 그런 아름답고도 활력적인 삶의 중심이었다 — 을 견딜 수가 없었다.

그래서 그녀는 간호사가 되어 포로수용소들을 방문하기 시작했다. 그곳에서 말로 표현할 수 없을 만큼 무서운 광경들을 보았다. 그녀는 거의 혼자 힘으로 그런 잔인함과 맞서서 사랑의 싸움을 시작했다.

그리고 그녀는 그 싸움에서 이겼다.

당국자들의 저항과 의심에 맞서 싸워야 했고, 그 싸움에서 이겼다.

교도관들의 야만성과 무법성에 맞서 싸워야 했고, 그 싸움에서 이겼다.

추위와 굶주림과 질병, 그리고 저개발국가의 상황과 파괴적인 전쟁이라는 상황과 맞서서 싸워야 했고, 그 싸움에서 이겼다.

사랑은 그녀에게 순진함과 더불어 지혜를, 통찰과 더불어 용기를 주었다. 그녀가 모습을 드러내는 곳에서는 모두 절망이 극복되었고, 슬픔이 치유되었다.

그녀는 굶주린 자들에게는 먹을 것을, 목말라 하는 자들에게는 마실 것을 주었다. 또 낯선이들을 환영했고, 헐벗은 자들을 입혔으며, 병든 자들은 치료해 주었다.

그녀 자신이 병에 걸리고 감옥에 갇히기도 하였다. 그러나 하나님이 그녀 안에 거하고 계셨기 때문에 부서지지 않는 사랑의 힘이 그녀와 함께 있었다.

전쟁이 끝난 후, 그녀는 독일과 러시아 전쟁 고아들을 위해 큰 일을 시작했다. 엘사가 고아아이들에게 둘러싸여 있는 모습은 — 그녀는 그들의 유일한, 그리고 영원토록 빛나는 태양과도 같았다 — 틀림없이 여러 사람들에게 분명한 종교적 지표가 되었을 것이다.

나치가 출현하자 그녀와 그녀의 남편은 독일을 떠나 미국으로 가서 유럽의 수많은 피난민들을 돕는 일을 했다.

그녀는 매순간 하나님을 분명하게 드러내 보였다. 사랑이신 하나님이 그녀 안에 거하고 계셨고, 또한 그녀가 그분 안에 거하고 있었기 때문이다.

그녀는 수많은 이들에게서 자신을 향한, 또한 그녀가 투명하게 드러내 보였던 존재, 즉 하나님을 향한 사랑을 불러 일으켰다.

그녀가 임종하는 자리에는 스웨덴 국왕과 사절들도 참석했다. 그들은 그녀에게 그녀를 통해 삶의 의미를 되찾은 많은 이들이 그녀를 결코 잊지 않을 것이라고 말해주었다.

세상을 살아가는 동안 누군가의 삶 속에서 사랑 — 그것은

하나님을 의미한다 ─ 이 그렇게 압도적으로 드러나는 모습을
지켜보는 것은 정말 드문 은총이다.

사랑은 경건한 고립은 물론이고, 신학적 오만함까지도 무너
뜨린다. 사랑은 정의 이상이며, 믿음과 소망보다도 위대하다.

사랑은 하나님 자신의 현존이다. 왜냐하면 하나님이 바로
사랑이시기 때문이다. 모든 참된 사랑의 순간에 우리는 하나
님 안에 거하고, 하나님은 우리 안에 거하신다.

신학자 폴 틸리히 Paul Tilich, 1778-1965는 말했다.

"하나님과 사랑은 두 개의 서로 다른 실체가 아니라 하나이
다. 하나님의 존재는 사랑의 존재이며, 하나님의 무한한 존재
의 힘은 무한한 사랑의 힘이다. 그러므로 누군가 하나님께 대
한 헌신을 고백할 경우, 만약 그가 사랑 안에 거한다면, 그는
하나님 안에 거하는 것일 수 있다."

"새 계명을 너희에게 주노니 서로 사랑하라.
내가 너희를 사랑한 것같이 너희도 서로 사랑하라.
너희가 서로 사랑하면 이로써 모든 사람이 너희가
내 제자인 줄 알리라." ─ 요한복음 13:34-35